2
進行諸島
ill. fame
極めた錬金術に、不可能はない。
~万能スキルで異世界無双~

「燃えろ」

『燃血』が竜の心臓を
一撃で破壊する――!!

マーゼンが鍛えた
ミスリルの剣

ミスタルトの美しい剣筋が
鮮やかに標的を
切り裂いていく――
最強と名高い戦士
殲滅のミスタルト

暗殺者・ザシズの表情が恐怖に歪んだ
「なんで死なない!?」

「錬金術師だからな」

極めた錬金術に、不可能はない。
~万能スキルで異世界無双~

CONTENTS

極めた錬金術に、不可能はない。

～万能スキルで異世界無双～

2

進行諸島
Ill. fame

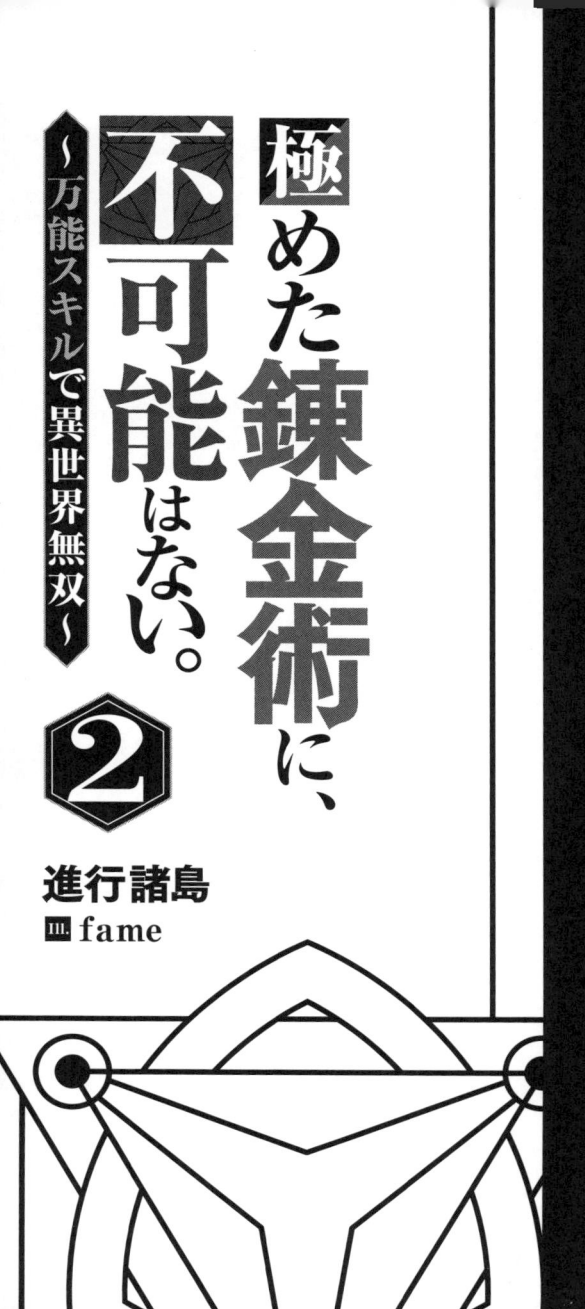

第一章

EPISODE 001

『若返りの薬』を飲み、５００年後の世界で目を覚ました俺《おれ》は、錬金ギルド所属の冒険者として依頼を受けていた。

受けた依頼は、魔物の絶対に現れない『安全地帯』での警備という、ほとんど何もしなくていいような依頼だったはずなのだが……。

何故《なぜ》かそんなときに限って、通常ではありえないことが起こった。

安全地帯が突如破壊され、例を見ないほど強力な竜が出現したのだ。

上位の冒険者達が竜になすすべもなく敗北する中、俺は倒された冒険者から借りた剣を持って、竜と対峙《たいじ》していた。

「丁寧に作られた武器……だったんだろうな」

俺は手に持った武器を見て、そう呟《つぶや》く。

そのフォルムは繊細で、ひと目見れば真面目《まじめ》な鍛冶師《かじし》が真剣に打ったものだと分かる。

だが……それは過去のことだ。

この剣は俺が使う前から、もう壊れていた。

剣にとっては命ともいえる芯《しん》の部分が、曲がってしまっていたのだ。

これではもう、まともな剣としては使えない。

恐らく、この竜の攻撃を受け止めたときに、力に耐えきれなかったのだろう。

まあ、剣が壊れていようと無事だろうと、今からやることを考えればあまり差はないのだが。

そう考えつつ俺は、剣の刃で手の平に傷をつけ、錬金術を発動する。

（混ざれ）

手の平からあふれ出た血が、剣へと吸い込まれていく。

別に血を混ぜたからといって、剣が強くなるわけではない。

今回の俺の狙《ねら》いは、違うところにある。

（動け）

次に俺は、錬金術で剣の形を変えた。

本来、剣を作る際の錬金術は仕上げに使う程度で、基本部分は鍛冶道具を使って加工するのがセオリーだ。

錬金術による大幅な加工は金属の構造に無理な負荷を与えるため、このやり方は強度を損ねることになる。

（動け）

だが、俺はさらに加工を重ねる。

今度は、刃を極限まで薄くした。

これも強度を犠牲にして、切れ味だけを追求した加工だ。

錬金術の負荷と、薄くなった刃。

この剣は間違いなく、一度の斬撃《ざんげき》で使い物にならなくなるだろう。

だが、一度斬《き》れればそれで十分だ。

「待たせたな」

俺はそう呟いて、竜の動きを見る。
別に竜は、待っていた訳ではない。
先ほど放った魔法による魔力消費を回復し、万全の態勢で俺と戦おうとしていたのだ。

「おい、来ないのか？」

俺は竜にそう尋ねるが、竜は動かない。
だが……これは別に、俺と戦う気がないという訳ではなさそうだな。

生物というものは、動いたときに隙《すき》ができるものだ。
その隙を狙って攻撃するために、先には動かないということだろう。
知能の高い魔物には、時々見られる行動だ。

そして、俺も同じことをやろうとしていた。

竜が動いたタイミングで、その隙をつくつもりだった。

だが、そうもいかないみたいだな。


竜は間違いなく俺のことを侮《あなど》っているが、油断はしていない。

真の強者というものは、たとえ相手が弱くても、本気を尽くすものなのだ。

……俺としては、もうちょっと油断してくれたほうが嬉《うれ》しいのだが。


(仕方ない。こっちから行かせてもらうか)


俺は隙を最小限ですませるべく、ゆっくりとした動きで距離を詰める。

この動きは隙が大きいように見えるかもしれないが、実はゆっくり動いている時のほうが敵の動きに対して反応しやすく、隙が小さい。

そして、俺と竜の距離が2歩ほどに詰まったとき——竜が動いた。

竜はなんの構えも前触れもなく、腕を突き出した。

見て避けられるような、親切な予備動作などなかった。

だが俺は、それを読んでいた。

俺は即座にかがみ込んで、竜の腕を避ける。

0・3秒前まで俺の首があった場所を、鋭い爪《つめ》が通りすぎていく。

その隙に俺は、姿勢を低くしたまま竜へと踏み込む。


「グゴアッ！」


竜は一撃目によほど自信があったのだろう。

俺を倒せなかったことに困惑の鳴き声を上げながら、もう片方の腕をなぎ払うように振る。

この攻撃に逃げ場はない。

頭上は竜の腕に塞《ふさ》がれているし、竜は長い腕を器用に使って、俺の逃げ道を完全に塞ごうとしていた。

俺はそれを見て、錬金術を発動する。

（燃えろ）

燃やすのはもちろん、自分自身の血だ。

血液の『エネルギーを運ぶ』という性質が瞬間的に解放され、血液の一部と引き換えに俺は爆発《ばくはつ》的な加速を得る。

一瞬で人間を超える速度まで加速した俺は、竜の腕と体の間にあった、わずかな隙間《すきま》に潜り込んだ。

ここからなら、竜の腹を直接狙える。

（燃えろ）

再度の『燃血《ねんけつ》』。

今度は、剣を持った腕に対して発動する。

ただ鋭さだけを追求して作り直された剣は爆発的に加速し、硬い装甲を食い破り、竜の腹へと突き刺さった。

「グゴォアアァ！」


竜が痛みと怒りの声を上げる。

だが、竜の戦意は全く衰えていない。

俺が持てる大きさの剣が与える傷など、竜にとっては大した大きさではないのだ。

だが、錬金術師として竜を殺すためには、この傷は十分な大きさだ。


（動け）


俺は錬金術によって、魔力を移動力に変える。

最も基本的な、物を動かすだけの術式。通常であれば、物体の加工などに使う錬金術だ。

だが、今回は少しばかり特殊な使い方をする。

俺が錬金術の対象にするのは、自分と体と剣に含まれている、俺の『血液』。

それを俺は、魔力から生み出した移動力によって、竜の体内へと送り込む。

目指すは、竜の体中の血液が集まる場所——すなわち心臓だ。

「ゴグアアアアアアアアアァァァァ！　ゴギギアアアアア！」

自分の物ではない血液が浸入してくる不快感に、竜が怒りの叫びを上げながら腕を振り下ろそうとする。

その一撃が当たれば、間違いなく俺の命を一撃で刈り取ったことだろう。

だが、俺のほうが早かった。

「燃えろ」

俺が発動するのは、またも『燃血』。

錬金術師が戦闘で使う、最も基本的な術式だ。

だが使い方は、普段とは違った。

血液を燃やして得たエネルギーを、俺は自分の力ではなく、純粋な破壊力へと変換する。

次の瞬間――耳をつんざく爆音とともに、竜の体に大穴が開いた。

「ゴ…………」

竜は悲鳴を上げようとしたが、それは声にならなかった。

『燃血』の破壊力が心臓と一緒に肺を破壊したため、声を出すために必要な空気が得られなかったのだ。

俺を殺すために振り下ろされようとしていた腕は、だらりと垂れ下がっていた。

これが死んだふりだったら大したものだが、いくら竜とはいえ、心臓を完全に破壊されて生き残れる訳はない。

（……なんとか倒したか）

俺は心の中でそう呟いた。

今の体になってから初めての戦闘だが、なんとかうまくいったようだ。

とはいえ、戦闘に余裕があった訳ではない。

今回使ったのは、あくまで非常手段だ。

通常、錬金術は生物に対して干渉することはできない。
生物には魂があり、魂は錬金術による改変をはねつける抵抗力を持っている。

例外は、自分の体だ。
魂の抵抗力は外部からの干渉を封じるものなので、自分で自分を改変するぶんには問題ない。
『燃血』で血液を燃やせるのは、そのおかげだ。

では、自分の血と他者の血が混ざった場合、どこまで『自分の血』と呼べるのか。
それは錬金術師の実力と、相手の格にもよる。

今回は敵がかなり格上の存在だったので、かなり大量の血を混ぜる必要があった。
燃料が増えるぶん、自分の血だけを燃やすのに比べれば効率が上がることは間違いないのだが。

「くっ……」

俺は竜から離れるように歩きながら、軽くふらついた。

竜は極《きわ》めて頑丈な生物だ。

血を混ぜることによって効率を上げてなお、竜を倒せるだけの威力を確保するには、かなりの量の血を使う必要があった。

さっきの戦闘で使った血の量は、およそ１・６リットルほど。

ちなみに人間が失血死する出血量は１・２リットルなので、普通ならとっくに死んでいるほどの出血量だ。

今は体内にあった水分と塩分を錬金術によって血液と似た成分に変換し、それを血管内に供給することで、なんとか血圧を保っている。


「水よ」


俺は水魔法を唱え、体内の水分を補給する。

これで一応、血圧の急激な低下による失血死は避けられる。

とはいえ、これは血液を塩水で薄めて量を補い、血圧を確保したというだけの話だ。

体中に酸素を補給する『本当の血液』の量は、しっかり元の半分以下まで減っている。

俺の体が本来の力を取り戻すには、まだまだ時間がかかるだろう。


できればゆっくりと寝て、体力を回復できればいいのだが……そうもいかないようだな。

「倒した……のか？」


動かなくなった魔物を見て、近くにいた冒険者が呆然《ぼうぜん》と呟く。

どこにも怪我《けが》を負っていない、普通に走れそうな冒険者だ。

なぜ逃げも戦いもせずに見ていたのかと問い詰めたくなるが……今に限っては都合がいい。


この周辺には、死に至るような怪我を負った人間が大勢いる。

恐らく怪我人の数にして、３００人近いだろう。


今のところ、死者は見当たらない。

それはつまり、全員を助けられる可能性があるということだ。

もちろん、それには人手が必要となる。

「ああ。倒した！　怪我人がいるから、助けを呼んできてくれ！　大至急だ！」

「わ……分かった！」

そう言って冒険者は、迷宮出口のほうへと走っていった。
恐らく『始《はじ》まりの街《まち》』から避難した冒険者達は、まだ迷宮の出口あたりにいるだろう。
今から行けば、けっこうな人数が集められるはずだ。

……あとは、現地調達だな。

「助けて、くれ……」

足下で倒れた冒険者が、か細い声を漏《も》らした。
見た所、肋骨が派手に折れているようだが……命に別状はなさそうだな。
「ああ。薬を取ってくるから、少し待っていてくれ。……君は軽傷だから、心配はいらない」

そう言って俺は、警護用の詰所《つめしょ》へと走り、中にあったフラスコを摑《つか》んだ。

中にはさっき作ったばかりの、回復用ポーションが入っている。


依頼用に作ったものだが、この際全部使ってしまおう。

あの依頼の期限は30日もあるので、また作ればいい話だ。


「しかし、足りないか……」


フラスコのままでは使いにくいので、俺は近くにあったガラスを変形させ、一瞬で即席のポーション瓶《びん》を作り、その中にポーションを詰めた。

小分けにしたポーションの数は２００本。

怪我人の数は３００ほどなので、１人１本なら3分の2に行き渡る計算だが……残念ながら、そうもいかない。

冒険者の体は一般人より強く、傷つきにくい。

その代わり、治すときに必要な薬の量も増えるのだ。

このポーションだけで重傷者を治そうとすれば、恐らく4、5本は必要になるだろう。

そう考えつつも俺は、ありったけのポーションを戦闘のあった場所に運ぶ。

血が足りないせいで大量のポーションがとても重く感じられるが、まだ体は動く。


「くそ、怪我人ばっかり量産しやがって……」


薬を持って戻ってきた俺は、そう呟いた。

1人も死んでいないのに、怪我人が300人近くいる。これは明らかな異常事態だ。


恐らく、これは偶然ではない。

俺が倒した竜には、獲物《えもの》に動けないほどの怪我を負わせておいて、生きたまま食べる習性でもあったのだろう。

まだ死者が出ていないのはいいことだが、放っておけば5分ともたないような怪我を負った者はちらほらいる。


「とりあえず、死なない程度に治すか……」

（動け）

俺はポーションの瓶を開け、錬金術によって動かすことで無理矢理怪我人に供給する。
全快させているとポーションが足りないので、まずは命をつなぐことを優先する。

なにも俺だけで全員を治す必要はないのだ。
治療技術を持った者が戻ってくるまでもたせれば、後は何とかしてくれるだろう。
そう考えつつ俺は、怪我の酷《ひど》い順にポーションを供給していく。

「これでとりあえず、すぐには死なないか……」

２００本あったポーションのうち７割……１４０本ほどを消費したところで、とりあえず命に別状のありそうな冒険者はいなくなった。
だが、このまま放っておけば後遺症が残る者はいるだろう。

怪我はそのままの状態で固定化されてしまう前に、正常な状態に戻す必要がある。

単純な骨折などであれば、支え木などで固定をすればいいのだが……数が多すぎて、俺一人では手に負えないな。

やはり人手が必要だな……。

だが街にいた人々はみんな避難してしまったので、今『始まりの街』には怪我人と俺しかいない。

ちょうど、そう考えたところで……声が聞こえた。

「おーい！　とりあえず、動けそうな奴《やつ》を連れてきたぞ！　治癒院《ちゆいん》の奴もいる！」

「ありがたい。……随分《ずいぶん》早かったな」

「そりゃ、全力疾走で来たからな。足の遅い奴らは後で来るはずだ。って……あんなにいた重傷者はどうしたんだ？」

地面に並んだ怪我人達を見て、冒険者が困惑の声を上げる。

彼がここを出ていった当時、怪我人達は体のあちこちから血を流し、今にも死にそうな状態だった。

だが今は、骨折やある程度の流血はあるものの、短時間で死に至るレベルの傷を負った者はいない。

当時に比べれば、状況は見違えるほどよくなった。

「すぐ死にそうな奴は、あらかた治しておいた」

「あらかた治したって……一体どうやったんだ？」

「手元にあったポーションを飲ませただけだ。残りのポーションは、重症の奴に使う」

治したとはいっても『今すぐ』死にそうな傷を治しただけだ。

本当に『死なないギリギリ』程度の治療でしかないので、今は塞がっている傷が急に開いて、大出血を起こす可能性のある者は多い。

大出血の前に治せればいいのだが、そのためにはポーションが足りないのだ。

だから、実際に大出血を起こした者を順番に救っていくしかない。
60本のポーションは、そのために残しておいた。
とはいえ、まったく足りないのだが。

「説明は後だ。まず骨折している奴に、添え木を当ててくれ。人手が必要なんだ」

「「「「了解！」」」」

そう言って冒険者達は、テキパキと応急処置を施《ほどこ》していく。
よく怪我をする冒険者というだけあって、非常時の対応には慣れているようだ。

「それと、治癒院の奴がいるって話だったな」

「ああ。それは俺のことだ」

「治癒院にあるポーションを、ありったけ持ってきてくれ」

手を上げた男に、俺は必要な物を告げる。
治癒院というのは、迷宮で怪我をした者に治療を施す施設だ。
迷宮都市で流通している薬は、質が低いという話も聞いたが……恐らく、治癒院であれば
ちゃんとしたものが手に入るだろう。

「分かった！」

それから5分後、ポーションが届いた。
ポーションの質はひどいものだった。
というか、これをポーションと呼んでいいのかすら分からない。
「一度で運べる量じゃなかったので、運べる量だけ持ってきた。もう1回――」
そう言って治癒院に戻ろうとする男を、俺は呼び止める。
こんなものをいくら持ってこられたところで仕方がない。

「量より、質を重視して持ってきてくれ。これでは使い物にならない」

俺はそう言って、持ってきたポーションを1瓶丸ごと、近くにいた怪我人の傷口にかける。
すると……傷口からの出血がわずかに弱まり、再生機能がほんの少しだけ強化された。
一応、傷口の化膿《かのう》を防ぐ効果はありそうだが……ポーションというより消毒液だな、これは。

ないよりマシといえばマシだが……こんなもので重傷者を治療できるわけはない。
いくら流通している薬の質が低いとはいっても、もうちょっとマシなものがあるはずだ。
そう考えて尋ねたのだが……。

「……一番いいやつを持ってきたはずなんだが」

「本当か……?」

「ああ。そこのラベルを見てくれ。1等級だ」

そう言って男は、俺が使い切ったポーションのボトルを指す。

そこには『1等級ポーション』と書かれていた。

つまり、これが迷宮都市や『始まりの街』で流通している最高等級のポーションなのだ。

うん。

流通しているポーションの質が低いとは聞いていたが、ここまでとはな。

冒険者達が怒るのも、分からないでもない気がする。

こんな者がポーションとして売られていたら、それは怒るだろう……。

「分かった。ポーションはいらないから、薬草を持ってきてくれ。あるだけ全部頼む」

「まさか、この場でポーションを作る気なのか？　そんな時間が――」

「時間は短縮する手がある。いいから持ってきてくれ。そしたら、後は俺が責任を取る」

「……分かった」

俺の言葉を聞いて、その男は治癒院へと戻っていった。

そうしている間にも、中途半端《ちゅうとはんぱ》にしか傷が治っていない冒険者達の病状は悪化していく。

「ヤバい！　傷口が開いたみたいだ！」

「分かった、今行く！」

冒険者の呼ぶ声に応じて、俺はポーション瓶を持って怪我人の元へと走る。

そこには、傷口からどくどくと血を流す男の姿があった。

治した傷口が開き、そこから大量出血を起こしたのだ。

「厄介《やっかい》だな。……動け」

俺はそう言って男の傷口に、傷をギリギリ塞げるだけの薬を注《そそ》ぎ込んだ。

すると、傷はいったん塞がった。

さっきから、こんなことが何度も続いている。

薬は最低限の量しか使わないように気をつけているが、それでも残りは24本と少し——最初は60本近くあったのが、1時間足らずで半分以下になっている。

このままではまずいな……。

第二章

EPISODE 002

数分後。
治癒院《ちゆいん》の男が、大勢の冒険者を引き連れて戻ってきた。
冒険者たちは全員、大量の薬草を抱えている。

「こんな人数、どうしたんだ？」

「戻ってきた冒険者にも手伝ってもらった！　これで治癒院にあった薬草は全部だが……これで何ができる？」

そう言って治癒院の男と冒険者達が、薬草を積み上げる。
どうやら避難していた冒険者達がだいぶ戻ってきて、人手が増え始めたようだ。
そして、肝心の薬草の質だが……。

「いいものがあるじゃないか」

俺《おれ》はそう呟《つぶや》いて、薬草を摑《つか》んだ。

ライズの葉。

ナイギ草よりワンランク上の薬草だ。

効果はナイギ草とそんなに変わらないが、扱いやすいため短時間での調合に向いている。量も十分だ。これを全《すべ》て薬に加工すれば全員を治療できるだろう。

「調合用の鍋はあるか！」

「持ってくる！　どんなやつがいい？」

「一番デカいやつを頼む！」

「分かった！　お前ら行くぞ！」

冒険者達はそう言って、どこかへ走っていった。

それから間もなく、彼らは俺の背丈を超えるような巨大な鍋を持ってきた。

「ありがたい！」

俺はそう言って鍋を水で満たし、中に薬草を放り込んで炎魔法を起動する。

ついでに俺は、錬金術を発動した。


（分解）


俺が使ったのは、物体を分解する錬金術だ。

この術式によって、薬草から有効成分だけを分離する。

……このやり方はポーションの質を落とす上に、収量も少なくなる。

だが今は、速さが最優先だ。

どんなにいいポーションができても、患者が死んだ後では意味がない。

(分解、再構成、分解……)

俺は次々と錬金術を発動して、複雑な製薬の工程を省略していく。
通常なら5時間近くかかる調合作業だが……20分で終わらせてやる。

◇

俺が薬を作っている間に、どんどん冒険者の数が増えてきた。
どうやら、魔物が倒されたという情報が本格的に広まり始めたようだ。
おかげで怪我《けが》人を看病する人手は増えた。

だが……人が増えるというのは、よいことばかりではない。
なにしろ冒険者の7割は、錬金術師が嫌いなのだ。

「おい、何でそんなとこでチンタラ薬なんて作ってやがる！　錬金術師なんてどけて、治癒魔法使いを呼んでこい！」

大鍋で薬草を煮ている俺を見て、冒険者の一人がそう叫んだ。

文句をつけるだけでなく、彼は俺の方へと近付いてくる。

ポーションの製造は繊細な作業なので、邪魔されたくないのだが……。

そう考えていると……数名の冒険者達が、邪魔者の前に立《た》ち塞《ふさ》がった。

「うるせえ、何も知らない奴《やつ》は黙ってろ！　俺達を助けてくれたのは、この人なんだ！」

「治癒魔法使いなんて、全員とっくに魔力切れだ！」

「邪魔する気なら、俺が相手になるぜ！」

よく顔を見てみると、それは俺が治療した中で、比較的軽傷の冒険者達だった。

まだ怪我も治りきっていないのに……それでも武器を取って、俺を守ろうとしてくれている。

「……お前ら、錬金術師の側に付くってのか？」

怪我を負ったまま剣を抜いた冒険者達に気圧《けお》されながら、文句をつけた男が困惑の声を出す。

それに対して、怪我をした冒険者達は躊躇《ちゅうちょ》なく答えた。

「ああ、つくぜ。命の恩人の味方になって何が悪い？」

「錬金術師はカスだって思ってたのは、俺だって同じだ。だが……こいつだけは違うんだよ」

そう言って怪我人が、俺の方を指す。

それから彼らは剣を握り直し、邪魔者に向かって構えた。

邪魔者がこれ以上俺の方へ近付こうものなら、そくざに斬《き》りかかりそうな勢いだ。

「わ、分かった。邪魔はしねえからよ……」

剣幕に気圧されて、邪魔者はどこかへ行った。

それからは、俺を睨《にら》み付《つ》ける者くらいはいたが、表だって邪魔をしようとする者はいなくなった。

他《ほか》の冒険者達も今のを見て、俺には手を出さないほうがいいと理解したのだろう。

もちろん、冒険者も俺を嫌う者ばかりではなく、協力してくれる者も多かった。

中心となってくれたのは、怪我人の身内や友人達だ。

彼らは看病をしながら、俺がやった治療のことを本人から聞いたようで、俺の指示はとても素直に聞いてくれた。

調合をする間は手が離せないので、それ以外の作業を彼らに任せることができて、とても助かった。


そして、少し経《た》った頃《ころ》。

ようやく、薬が完成した。

「薬ができた。飲んでくれ」

俺は完成した薬を瓶《びん》に詰めて、護衛をつとめてくれた冒険者達に差し出す。
それを見て、冒険者は俺に尋ねた。

「……いいのか？　先に飲むべき奴らがいると思うんだが……」

怪我をした冒険者達はそう言って、地面に横たわる重傷者達のほうを見る。
だが、心配はいらない。
さっきと違って、薬は潤沢なのだ。

「安心してくれ。薬は全員分あるからな」

そう言って俺は、人数分の薬瓶にポーションを詰めた。
使ったのは最初に使っていたものより、だいぶ大型のポーション瓶だ。
これなら1本飲ませれば、重傷者でも完全回復させられる。

「怪我人全員に行き渡るように、ポーションを飲ませてくれ！　1人1本だ！」

「「「了解！」」」

協力してくれる者達はそう言って、俺が作ったポーションを怪我人に飲ませていく。
すると……広場のあちこちから、歓声が上がった。

「治った……！」

「あ、あんな重傷が一瞬で……？」

「何かの冗談じゃねえのか？　ポーションなんかがそんなに効くわけがない……！」

「歩ける！　歩けるぞ！」

地面に横たわっていた怪我人――いや、怪我人だった者が立ち上がる。
足を完全に砕かれていた者、腹を切り裂かれた者、腕がねじれた者。

全てが、元通りの状態になっていた。

もはや血を流している者は、一人もいない。

「信じられねえ……」

「こんなに効くポーションってあったんだな……」

「あいつ、一体何者なんだ？」

驚愕《きょうがく》、困惑、畏怖《いふ》。

様々な目線が、俺に向けられる。

ポーションくらいでこんなに驚かれるのは変な気分だが、今までが治癒院にあったような薬しかない世界だったのなら、まともなポーションを見て驚くのも無理はないかもしれない。

「あ、ありがとうございます。このご恩は必ず……！」

「これ、受けとってくれ！」

怪我が治った者達が、お礼を言いながら俺の方にやってくる。

中には、金貨を俺に渡そうとする奴までいる。

そんな人混みをかき分けて、俺は警護の詰所《つめしょ》へと歩き始める。

「今まで、錬金術師を馬鹿《ばか》にして悪かった！　お前は命の恩人だ！」

「どこに行くんだ⁉　待ってくれ、お礼をさせてくれ！」

「詰所へ戻る。依頼の途中だからな」

そう言って俺は、最初に受けた警護依頼の依頼書を見せた。

受ける時に給料泥棒扱いされた、あの依頼書だ。

依頼の時間は、まだ8時間以上残っている。

今回の事件は、とりあえずこれで解決だ。

となれば、俺は詰所へ戻らなければならない。

詰所に戻る理由は、それ以外にもある。単純に疲れたのだ。

なにしろ、致死量以上の血を燃やして戦った後で、薬も足りない状況で３００人近い怪我人を治した訳だからな。

流石《さすが》に、体力の限界が迫ってきていた。


だが……お礼を言いにくる患者達は後を絶たなかった。

このままでは、帰れない。


(参ったな……)


警護の依頼で魔物と戦うこと自体に文句はない。

出た怪我人を治療するのも、まあ仕事の範囲内と言えるだろう。

だが、疲れた状態で３００人近い群衆に追いかけ回されるのだけは勘弁願いたい。

「お礼とかは後にしてくれ！　ついてこないでくれ！」

いい加減帰りたくなってきて、俺はそう宣言する。

すると……すぐに効果は現れた。

「マーゼンさんが『ついてくるな』と言っているんだ！　聞こえなかったのか！」

「お前ら、マーゼンさんの言うことが聞けないのか！」

冒険者達の一部――主に薬造りのときに俺を護衛してくれていた冒険者達が、そう言って俺に近付こうとする群衆を押しとどめてくれたのだ。

今は、すごくありがたい。

「ありがとう……」

「いえ、安心して詰所へ戻ってください！　マーゼンさんの偉業は、ちゃんと俺達が広めておきますから！」

偉業を広める？

その言葉のニュアンスに、俺は少しだけ嫌な予感を覚えたが……それを追求するような体力的余裕は、俺にはもうなかった。

なにしろ、今やこの場にいる者のなかで最も体へのダメージが大きいのは、致死量以上の血を失った俺自身なのだから。


残念ながら『燃血《ねんけつ》』によって消費された血液は、かなり高レベルなポーションでないと補充できない。今作ったポーションでは無理だ。

時間とともに血液は補充されるので、それを待つほかないだろう。


「少し、無理をしすぎたか……」


俺はそう呟きながらフラフラと歩き、詰所に入るなり床に倒れ込んだ。

そういえば依頼の内容には『寝るな』と書いてなかったな。

警護依頼の途中で寝るのは、流石にどうなのかという気もするが……俺は準備もなしにあんな魔物と戦わされて大量の血を燃やした上で、ロクなポーションの用意すらない状況で被害者の救護までやったんだ。

流石に、寝るくらいは許してほしい。

もう1匹魔物が来たら、もう流石に知らん。後は自分達でどうにかしてくれ。

そんなことを考えつつ、俺は眠りについた。

◇

「私は今日、第二支部に移籍します」

マーゼンが眠りについて数時間後。

第一支部最強の戦士と名高い『殲滅《せんめつ》』のミスタルトは、他の冒険者達の前でそう宣言した。

「おいおい、いきなり何を言い出すんだ」

「……魔物に頭までやられちまったのか?」

ミスタルトの宣言を聞いた冒険者たちは、呆《あき》れたような声を上げる。

当然だ。

ギルドの移籍には、大きなデメリットが伴う。

報酬の高い、いわゆる『美味《おい》しい』依頼は、貢献度の高い冒険者に割り振られることが多い。

特に第一支部は多くの利権を握っているため、支部の主力として戦ってきたことによって得られた立場は、それだけでも大きな利益《りえき》を生む。

支部を移るということはつまり、その利益を全て捨てるということだ。

それだけではない。

支部を移った場合、冒険者の本業——つまり戦闘のためのパーティー構成にも支障が出る。

第一支部と第二支部はライバル関係にあるため、合同のパーティーなどはめったに構成されない。

組みたいと思っても、支部から許可が降りないのだ。

それでも勝手に組めば、ギルドから依頼を受けることすらできず、ただ勝手に魔物を狩ることなるだけだ。

冒険者というよりは狩人《かりゅうど》に近い。収入はもちろん激減だ。

迷宮内部で協力できる相手が減るぶん、死亡率すら上がるだろう。


そのデメリットの大きさは、実例でも示されている。

過去に何度か、支部の上層部と仲違《なかたが》いするような形でギルド移籍を決めた冒険者がいる。

いずれも優秀な冒険者達だ。実力さえあれば他の支部でもやっていけると思ったのだろう。


だが事実として、それで活躍できた者はいない。一人もだ。

環境が変わったところで実力は同じ……と思うかもしれないが、冒険者が実力を発揮できるのは装備や周囲の環境あってこそだ。

よほど卓越した実力があれば話は別だが、そこまで実力差がある者というのは、現在のギルドには恐らくいない。

ギルド以外なら『一人だけ』いないこともないが……その一人はどちらかというと第二支部寄りだ。


第一支部最強はミスタルトだが、それでも移籍しての活躍は難しいだろう。

集まった冒険者達は、一人の例外もなくそう思っていた。

「おいおい、ギルドを移籍してきた奴らがどうなったのか、知らないわけじゃないだろ？」

「もちろん知っています。……でもそれは、第二支部から第一支部に来た冒険者の話ですよね？　第二支部は第一支部ほど新参に厳しくないので、今から入っても受け入れてもらえると思いますよ」

ミスタルトが言っていることは本当だ。

第一支部が貢献度の高い者に報酬の高い依頼を割り振るのは、第一支部が多くの依頼と冒険者達を抱えているからだ。

依頼主も馬鹿ではないので、基本的に報酬が高い依頼というものは、難易度もそれなりに高い。第二支部はそれをこなせる冒険者が少ないため、後から入ったミスタルトにもある程度は回ってくるだろう……というのが、ミスタルトの推測だ。

過去に失敗したギルド移籍も、ほとんどは第二支部から第一支部への移籍だからな。

「そうは言ってもな……第二支部に行く奴が少ないのは、いい依頼がないからだろ？　ミスタルトが行ったって、活躍できるとは思えないんだが……」

「私が移籍すれば、依頼をくれる依頼主はいるはずです。今よりは減るかもしれませんけど……」

「どうしてそこまで移籍したいんだ？　合理性重視の方針はやめるのか？」

そう尋ねたのは、冒険者のカイルだ。

カイルが言う通り、ミスタルトは戦術の合理化によって第一支部のトップを走ってきた冒険者だ。

ミスタルトは基本的に、勝てない勝負を挑まない。

魔物や地形に対して周到に分析を行い、勝てる条件が揃《そろ》って初めて戦いを挑むのだ。

例外はよほどのイレギュラー——例えば魔物がいないはずの町中に、規格外の強さを持つ竜が現れた時くらいだ。

だからこそ彼女は一度戦いを始めたが最後、必ず敵を全て殲滅する。

なぜなら殲滅できない相手には、始めから挑まないからだ。

『殲滅』という二つ名は、これが理由でつけられたものだ。

勝てるか分からない相手を1体倒すより、確実に勝てる相手を3体倒すほうが簡単な上に功績が積める。

だから勝てる相手とだけ戦いを繰り返して、安全に装備を揃えたり経験を積んだりしたほうが効率的だ……というのがミスタルトの持論だが、もちろんその戦闘スタイルを快く思わない者も多かった。


難しい相手に挑むことこそ冒険者の誇りで、勝てるか分からない戦闘を避けているようでは強くなれない。

そのような言葉を投げかける者もいたが……ミスタルトは結果として誰《だれ》よりも強くなり、その戦術が効率的だと身を以《もっ》て示したのだ。

今では『冒険者は、勝てない相手とは戦うべきではない』というセオリーは一般的なものになったが、ミスタルトがいなければ今も冒険者は無謀な戦いに挑み、無為《むい》に死んでいったことだろう。

これ以外にもミスタルトは『冒険者の誇り』だの『剣士の意地』だのといった不合理を片《かた》っ端《ぱし》から排除し、合理的な戦術を広めることで成果を上げてきた。

方針に関して何度も上層部と対立しながら、それでも第一支部の冒険者として活動し続けてきたのも、全てそれが合理的だと判断したからだ。

最近は第一支統括《とうかつ》が人命軽視の方針に走ったため、それに反発して移籍する者が増えていたが……そのような感情論でギルドを移籍するなどという真似《まね》を一番しそうにない人物こそ、このミスタルトだ。

少なくとも周囲の冒険者はそう考えていた。

戸惑う冒険者達に、ミスタルトはこともなげに答える。

「もちろんやめませんよ。これが一番合理的です」

「これがって……まさか第一支部をやめることが合理的だっていうのか？」

「はい。分かりませんか？」

「全然分からん。なぜそれが合理的だと言えるんだ」

言葉に反して、カイルの口調は真剣だった。

周りの冒険者達も、興味深げにミスタルトの回答を待っている。

もし『第二支部に移籍するのが合理的だ』と言ったのが誰か別の冒険者だったら、カイルも他の冒険者達も真面目《まじめ》にとりあわなかっただろう。

だがミスタルトには、今まで常識にとらわれない方法で戦術を合理化してきた実績がある。

だからこそ……その答えが気になるのだ。場合によっては他の冒険者達がついてくる可能性すらある。

「マーゼンさんが、恐らく第二支部側につくからです」

そんな問いにミスタルトはためらいもなく答えた。

さも当然かのように出た答えに、カイルが拍子抜けしたような顔をする。

「そ……それだけか？」

「それだけと言うには、影響が大きすぎる気がします。……マーゼンさんがやっていたことを、見ていなかったんですか?」

「見てた。もちろん見てたが……別に第二支部に入ったからって、同じパーティーに入れるわけじゃないだろ? ありゃ別格だ」

マーゼンが竜を倒したという話は、すでに上位の冒険者の間では広まっている。

その話を聞く限り、マーゼンは規格外の……本当に人間なのかどうかすら疑わしいほどの戦闘力を持っているはずだ。

冒険者ギルドにすら所属していない者がなぜそのような戦闘力を持っているのかは疑問だが、噂《うわさ》が正しければ……マーゼンの戦いについていける冒険者などいないだろう。

ミスタルトとて例外ではないはずだ。彼女が手も足も出なかった竜を、マーゼンは一人で倒したのだから。

そして極端に強い者が同じギルドにいることは、冒険者にとってあまりありがたいことではない。

ただでさえ数の少ない依頼を報酬の高い順に持っていかれてしまえば、あとに残るのは微妙な依頼ばかりなのだし。

「一緒に戦うって話じゃなくても、第一支部と第二支部の力関係が逆転するなら……第二につきたくないですか？　支部統括がアレじゃ、第一はもっと弱体化するはずですし」

「まさか、そうなるって言いたいのか？　君が移籍して、マーゼンとともに第一支部を倒すと……？」

だがミスタルトは首を横に振った。

どうやらミスタルトの考えは違うようだ。

「第一支部を倒すのは私じゃありません。私が移籍しなくても時間の問題だと思います。……あの薬だけで、ギルドの力関係なんてひっくり返りますよ」

「マーゼンの薬か。確かにあの効果はすさまじかったな」

「しかも量産が効きます。……第一支部は確かに強いですけど、あの薬を手に入れた第二支部はもっと強いと思いますよ」

「……だよな」

みんな直感では分かっていたのだ。マーゼンの薬は世界を一変させると。

だが、突然そのようなものが現れたとき、始めに来るのは喜びではなく疑いだ。

当然だろう。今までは軽い切り傷でさえ治すのに苦労していたというのに、ある日突然薬を目の前に置かれて『今は致命傷も薬で治る時代だ。これを飲め』などと言われても、まず詐欺を疑うのが普通の感性だろう。

実際にその薬が致命傷を治すのを見た後でもなお、まだ信じられない思いだ。

だがミスタルトだけは現実を客観的に受け止め、この薬が将来的に引き起こすことへの予測を組み立てた。

そうして導き出された結論が、第二支部への移籍だったわけだ。

「依頼はまだまだ第一のほうが多いと思うが……それもじきにひっくり返るか」

「時間の問題でしょうね。第一が持っている依頼が多いって言っても、それは第一が強いからですし」

確かに第一支部は『利権』と呼ばれるような、定期的で報酬の高い依頼を持っている。

だが依頼主は別に、意味もなく高い報酬を出しているわけではない。

第二支部では安定してこなせない依頼を、第一支部なら達成できる。

そういう実績を第一支部が残してきたからこそ、第一支部が高い報酬を要求しても、依頼主は受け入れざるを得ないというだけだ。

最近になって第一支部の評判が落ちつつあるというのは冒険者同士での話で、依頼主にとっては（たとえ冒険者を犠牲にしてでも）受けた依頼を絶対に達成してくれる第一支部は頼れる存在というわけだ。

内部で行われていることが明るみに出れば依頼を取り下げる者もいるかもしれないが、冒険者が死んだかどうかなど、言わなければわからないし。

逆に、もし薬によって同じ依頼を第二支部がこなせるとわかれば、徐々にだが第二支部の依頼も増え始めるだろう。

今だって優秀なパーティーが全くないわけではないので、彼らが薬を使って依頼をこなし始めれば、第二支部の評判は上がっていくことだろう。


第一支部が多くの冒険者を犠牲にしてようやく達成できる依頼を、第二支部は数本の薬を使うだけで達成できてしまう。

ギルド間の競争でどちらが有利になるかなど、火を見るより明らかだ。

いや……これではもう競争とすら呼べないだろう。第二支部が普通に活動しているだけで、第一支部は没落していくことになる。

ミスタルトはそういう未来を見ているというわけだ。


「ちょっと待てよ」


横からそう声を上げたのは、剣士のリルドだ。

彼は実力はそこそこだが、面倒見のいいベテラン冒険者として慕われている。

そんなリルドは、周囲の注目が集まったのを確認して口を開く。

「俺は難しいことは分かんねえけどよ……お前ら、大事なことを見落としてねえか？」

「大事なこと？」

「あのクソ支部統括……ライザルはムカつく」

周囲から笑いが巻き起こった。
あまりに率直《そっちょく》な物言いに、吹き出す者もいる始末だ。

「ライザルが嫌いな奴、手ェ上げろ！」

一斉に手が上がる。
ほぼ全員と言っていいくらいだ。
手を上げていない者は……たった一人だけ。
彼を指してリルドは、訝《いぶか》しげな顔で尋ねた。

「お前、なんで手を上げない？」

「俺はライザルを嫌いなんじゃない、憎んでるんだ」

どうやらこの場にライザルの味方はいないようだった。

まあ、第一支部の冒険者はみんなこんなものだろう。

仲が悪かった冒険者たちが、ライザルを共通の敵として団結することで仲が良くなったなんて話もある。

もっとも、冒険者どうしの飲み会でライザルの悪口が出た場合の反応は、真っ二つに分かれるのだが。

一つは『いいぞ、もっとやれ』というもの、もう一つは『名前を出さないでくれ、耳が汚れる』といったものだ。

「お前はライザルのせいで仲間を失ったんだったな。……まあ、それは俺も同じだが」

「ここにいる奴は大体そうだろ」

ライザルが恨まれている理由が、これだ。

彼は弱い冒険者を見下し冷遇するだけでなく、ある程度の実力がある冒険者には権力を盾《たて》に無理を強いる。

一回一回は10％程度の死亡率であっても、回数を重ねれば死者は増えていく。

ベテラン冒険者ともなれば知り合いも多いため、気付いたらほとんどの冒険者が『知り合いをライザルに殺された』状態になっていたというわけだ。

「それに引き換え、マーゼンは……俺たちの仲間全員を助けてくれたんだ」

「ああ。全員……錬金術師を馬鹿にしてた奴も含めてな。あいつは信用していいと思うぜ」

仲間をマーゼンに助けられた冒険者が、神妙に頷《うなず》く。

その様子を確認してからリルドは地面に線を引き、今日一番大きい声を張り上げた。

「よし！　全員選べ！　ミスタルトとマーゼンの側につくか、ライザルの側に残るかだ！　第二支部に移る奴は、線のこっち側な！」

そう言ってリルドは一番に線をまたぎ、ミスタルトの側へと入った。

周りの冒険者たちも次々と、ミスタルトの側へと動いていく。

そして10秒も経たないうちに、線の反対側――第一支部に残ろうという人間はいなくなっていた。


「決まりだな。さっそくあのクズに絶縁状を突きつけにいこうぜ！」

「賛成だ！　……いや、第二支部の先輩方への挨拶《あいさつ》が先か？」

「絶縁が先だろ。ライザルが慌《あわ》てふためくの、早く見たくないのか？」

「見たい！　行こう！　今すぐ行こう！」

「おいおい、ここは迷宮の中だぜ？　せめて地上に出てからだろ」

冒険者たちはあっという間に第一支部を抜ける覚悟を固めたようで、ワイワイと脱退の準備をし始めた。

準備とはいっても、主に『どんなタイミングで脱退報告をするのが一番ライザルへの嫌がらせになるか』などの相談であって、手続きの準備ではないが。

ちなみに今のところ優勢なのは、5分おきに1人ずつ脱退を申し出ることで支部統括をイライラさせる……という案のようだ。


「皆さん、本当にいいんですか……？」


移籍の相談をする冒険者たちを見てミスタルトは、戸惑ったような声を漏《も》らす。

ミスタルトのギルド移籍は、時間をかけてよく考えてから導いた結論だ。

だが他の冒険者たちは今の一瞬で結論を出してしまったのだ。


彼らが自分に影響を受けて移籍を決めているのだとしたら、責任重大だ。

もし移籍がうまく行かなかった場合——たとえばマーゼンが急死するようなことがあれば、ミスタルトは他の冒険者たちに取り返しのつかない決断をさせてしまったことになる。

そして彼が冒険者である限り、急に迷宮の中で死んでしまう可能性は決して低くないのだ。

ミスタルト自身は、そのリスクまで考えた上で移籍すべきだと判断した。失敗しても後悔はない。

だが他の冒険者達のぶんまで責任を背負うとなれば話は別だ。

いずれは他の冒険者も第二支部に来るだろうとは思っているが、だからこそ今すぐでなくてもいい。

などと考えるミスタルトに、リルドが告げる。

「いいも何も、俺たちは自分の意志で移籍するんだぜ？　ミスタルトは俺たちに一言も『移籍しろ』なんて言ってないだろ？」

「それはそうですが……後悔しませんか？」

「しねえよ。……あれを見ろ」

そう言ってリルドは、半笑いで冒険者達を指す。

そこでは冒険者達が、誰が最初に脱退届を出すかをとても楽しそうに決めていた。

移籍に対して不安げな様子を抱いている者など、一人もいない。

「……元々俺たちは心のどこかで、あのクソ支部統括の元から抜け出すタイミングを探ってたんだ。ミスタルトとマーゼンがついていてくれるなら、今がその時だろ」

こうして史上初の、冒険者による集団移籍が動き始めた。

この移籍は多くの追随者を生み、ライザル率いる第一支部に致命的な打撃を与えることになるのだが……それは少しだけ先の話だ。

第三章

EPISODE 003

それからちょうど8時間後。

錬金術師特有の極《きわ》めて高精度な体内時計で目を覚ました俺《おれ》は、依頼の達成手続きのためにギルドへと向かおうとした。

向かおうとした、のだが……。

「マーゼンさんがいらっしゃったぞ！」

「おい、お前ら道を空けろ！」

俺が詰所《つめしょ》を1歩出ると、見覚えのない初老の男が詰所の前にいて、そう言って俺を先導し始めた。

詰所の前にはなぜか人が集まっている。

そいつらの視線は、明らかに俺に向いていた。

だが、視線は今までの、錬金術師に対するものとは違う。

まるで英雄でも目の前にいるかのような、キラキラとした視線だ。

「マーゼンさん、どこへ行かれるのですか？」

「……ギルドの第二支部だ」

「承知いたしました。では、こちらへどうぞ！」

そう言って男が、俺を案内しようとする。

だが……こんな扱いをされる覚えはないんだよな。

しかし、さっきまで寝ていたせいで、俺は今の状況を把握していない。

俺は今の状況に底知れない居心地の悪さを覚えつつも、男についていく。

歩いている途中にも、見知らぬ連中が俺に話しかけてくる。

「お前のお陰で友達が助かったぜ！　ありがとな！」

「あんな化け物を倒しちまうなんて、すごいじゃねえか！」

「錬金術師ってのは前線に出もしないクズの集まりだと思ってたが、あんな化け物と戦って勝っちまう奴《やつ》もいるんだな。見直したぜ！」

大体は俺が竜を倒したことや、怪我《けが》人を助けたことに対してだ。

どちらかというと多いのは、竜を倒したほうな気がする。

どうやら冒険者には、武勇を評価する文化があるようだ。

確かに、俺がそれをやったのは間違いないのだが……短時間でここまで噂《うわさ》が広まるものなのだろうか。

などと考えつつも、俺はギルドへと歩く。

その途中で、見覚えのある男がやってきた。

薬造りのときに俺を護衛し、最後は『マーゼンさんの偉業は、ちゃんと俺達が広めておきますから！』などと言って去って行った男だ。

「お勤めご苦労様です！　……マーゼンさんの偉業、しっかり広めさせていただきました！」

もしや今の状況は、こいつの仕業《しわざ》だろうか。

嫌な予感がしつつも俺は、男に尋ねる。

「おい……どんな噂を広めた？」

「そりゃもちろん、マーゼンさんがあの化け物を単独討伐《とうばつ》した上、大勢いた怪我人を一人の死者もなく助けたってことですよ！」

「……それを、どんな範囲に広めた？」

「もう『始《はじ》まりの街《まち》』に、マーゼンさんの名前を知らない奴はいないくらいだと思います！仲間を総動員して、しっかり拡散しておきましたから！」

なるほど。

それで、こんな状況になったのか……。

寝ている間に、随分《ずいぶん》と面倒なことになったものだな。

確かに、俺が冒険者達を助けたのには、錬金術師の評判を上げたいという意図はあった。

そう。上げたいのは錬金術師の評判であって、俺の評判ではないのだ。

「その件だが、俺がやったんじゃなくて、通りすがりの錬金術師がやったってことにしておいてくれないか？」

「でも……もう広めちゃいましたし」

うん。確かにな。

ここまで広まったら、もう訂正のしようがないよな。残念ながら。

……こんなことなら詰所で寝ていないで、状況をしっかり監視しておけばよかった。

「分かった」

俺は諦《あきら》めてため息をつき、男への追求をやめた。

まあ、今はあの竜を倒した直後だから騒ぎが広がっているだけで、きっと10日もすれば飽きて元通りになるだろう。

俺への勝算に混じって、『錬金術師を見直した』という話も時々聞くので、まあ悪いことばかりでもない。

錬金術師が馬鹿《ばか》にされ続ける今までの状況は、なんとかしたかったからな。

などと考えつつ歩くうちに、ギルドに着いたようだ。

「マーゼンさん、こちらがギルドです！」

「先導ありがとう。もう一人で大丈夫だぞ」

「了解です！　……私の娘を助けていただき、ありがとうございました！」

どうやらここまで案内してくれたのは、俺が助けた冒険者の父親だったようだ。

それで、あんなに感謝していたんだな……。

などと考えつつ俺は、依頼書を持ってギルドへ行く。


「依頼の達成手続きをしたいんだが……」

「はい！　お待ちしておりました！」


受付係の態度も、明らかに今までとは違う。

有名人になるというのは、こういう気分なのか。

錬金術師の評判がよくなるのはいいのだが……自分自身が有名になるのは、少し居心地が悪いな。

若返る前は100年近くの間、ほとんど人と接することすらなく錬金術の研究を続けていた。

そのため、あまり人が干渉してくるのに慣れていないのだ。

◇

それから数時間後。

俺が宿（何も言っていないのに半額にしてもらえた）で体力の回復に努めていると、扉がノックされた。

扉を開けてみると、そこには男女合わせて5人の冒険者がいた。

その先頭にいた男は、俺の顔を見るなり、頭を下げる。

「今まで、すまなかった」

「……何の話だ？」

「錬金術師を……君達を見下してきたことだ。おかげで、決心がついたよ」

ああ、なるほど。

それを言いに、わざわざ来てくれたのか。

錬金術師が見直されるのは、気分がいいな。

「いや、わざわざ言いに来てくれてありがとう。……それで、決心っていうのは何のことだ？」

「実は第一支部から、第二支部に移ろうと思ってな。……俺達だけじゃない。第一支部の冒険者のうち、何百人もが同じように移籍を考えている。……元々、あの支部統括《とうかつ》にはうんざりしていたしな」

冒険者ギルドには、二つの支部がある。

錬金術師に真っ向から敵対している第一支部と、比較的錬金術師にも優しい第二支部だ。

ちなみに俺は錬金術が大好きなので、第一支部が大嫌いだ。

特に第一支部の支部統括は、錬金術師に対する扱いを抜きにしても最悪のカス野郎なので、あいつの味方が減るのは嬉《うれ》しい。とても嬉しい。

あの支部統括にうんざりしていたとは。この冒険者とは気が合いそうだな。

しかし……。

「移籍って、あの支部統括が許すのか？」

俺が第一支部の統括と会ったのは1回だけだ。
だが、その1回だけでも支部統括がどんな人間かは十分に分かった。
あいつは恐らく、自分の実績のためなら何でもやる人間だ。
冒険者の移籍は第一支部の力を落とし、ノルマの達成を妨げることになる。
そのようなことを、あいつは絶対に許さないはず。
「確かに、難しいかもしれない。それでも……」
「心配しないでください。移籍は私が無理矢理にでも通します」
男の声に割って入ったのは、さっきまでここにいなかった女性の冒険者だった。
というか、彼女の顔には見覚えがある。
俺が竜を倒すために使った武器の、元々の持ち主だ。
そう考えながらも、俺は疑問を口に出す。

「移籍を通すって、どういうことだ？」

「王都のギルド上層部に知り合いがいるので、支部統括を経由せずに移籍申請をします。私が頼めば、まず拒否はされないでしょう」

頼めば、まず拒否されない……。

もしかして俺が武器を借りた冒険者は、偉い冒険者だったのだろうか。

「……そんなに偉い冒険者だったのか？」

「偉い……かどうかは分かりませんが、王都のギルド上層部に知り合いがいるのは確かです。さっきまで街の中を歩き回って、移籍申請書を集めていたんですよ」

そう言って彼女は、移籍申請書と書かれた書類の束《たば》を俺に見せた。

その束はとても分厚い。少なく見積もっても１００枚はある。

半日足らずで、これだけの移籍者を集めたのか……。

などと思っていると、さっきまで話していた冒険者が、信じられないといった顔で口を開いた。

「マーゼンさん……まさか『殲滅《せんめつ》』のミスタルトを知らないのか？」

「いくら第一支部所属じゃないって言っても、ミスタルトさんを知らないなんて……」

聞き覚えのある名前だな。

確か、あの竜に倒された冒険者の名前だっただろうか。

だが……本人のことを知っているかというと、顔と名前は一致しない。

「悪いな。俺が迷宮都市に来たのは最近なんだ」

「ここにいる『殲滅』のミスタルトは、第一支部の主力冒険者だ。迷宮に知らない奴は一人も……」

と、そこまで言いかけて冒険者は、俺の顔を見た。

そして、言い直す。

「一人しかいないぜ」

なるほど。
俺以外は全員知ってるってことか。
とりあえず、相手が超有名な冒険者だということは分かった。

「要は、第一支部の主力が抜けて、第二支部に加わる……そういう認識で合ってるか？」

「まあ……要するにそういうことだな。君のおかげだ」

なるほどなるほど。
第一支部の主力を含めて１００人以上が抜けて、丸々第二支部に加わるのか。
これだけの冒険者が一度に移籍すると聞いたら、あの支部統括はどんな顔をするだろうか。
しかも、支部統括があれだけコケにしていた錬金術師が原因で。

……考えただけで楽しくなってくるな。

これは面白《おもしろ》くなってきた。

こんなことを思ってしまうあたり、俺もけっこう性格が悪いのかもしれない。

しかし……逆恨みして変な反撃に出られないか、それだけが心配だな。

まあ、今回は俺達の側に『殲滅』のミスタルトという有名人がついてくれるようなので、恐らく彼女がいい目くらましになってくれて、俺は目立たないだろう。

ミスタルト様々だな。

◇

それから少し後。

ミスタルト達が帰った後で、俺は言い忘れたことがあったのを思い出して、ミスタルトの元へ向かった。

どこにいるかは知らなかったのだが、ギルドで聞いたところ『ミスタルトさんなら、酒場にいると思いますよ』とのことだったので、とりあえず酒場に向かってみる。

すると、いた。

「マーゼンさん、どうかしましたか？」

俺が歩いて行くのを見て、ミスタルトがそう尋ねた。

どうやら、顔を覚えてくれていたようだ。

「武器の件を謝りたくてな」

ミスタルトは元々、ミスリルでできた剣を持っていた。

錬金術は使われていないが、剣を打った者の真面目《まじめ》な性格が思い浮かぶような、いい剣だった。

その武器は、竜の体に血を注入するための道具として加工され、今は原型をとどめていない。

元々、竜によってかなりのダメージを受けていたとはいえ……最後にあの武器を完全に破壊したのが俺なのは間違いない。

「武器って……剣を壊したことですか？　それなら私の了承を得てのことなんだから、謝る必要はありません」

「そうは言っても、武器がなくなるのは困るだろう？」

「命がなくなるのに比べれば、武器など何でもありません。マーゼンさんがいなければ、命をとられていたでしょう。ありがとうございました」

そう言ってミスタルトは、俺に頭を下げた。

彼女は、『殲滅』などという二つ名のイメージに反して、とても礼儀正しい。
こんな人が、錬金術師差別のひどい第一支部にいるとは。
もしかしたら第一支部も、昔は今のような錬金術師差別の場ではなかったのかもしれない。
まあ、ミスタルト達は今いる第一支部から第二支部に移籍するらしいし、これから第一支部に残るのはやはり錬金術師嫌いなのかもしれないが。

「ところで……ポケットに、こんな物が入っていました。……これを作ったのは、マーゼンさんですか？」

そう言ってミスタルトが、机の上にミスリルの塊《かたまり》を置く。

塊は完全な球形で、重さは彼女の剣と同じくらい。

俺が魔物を倒した後で剣の残骸《ざんがい》を加工し、治療を終えた彼女のポケットに入れておいたものだ。

「そうだ。剣は壊してしまったが、ミスリルとしては使えるからな。元々はミスタルトのものなんだから、返さなきゃダメだろ」

「返さなくても、文句など言いませんでしたが……おかげで、武器を再調達できます」

「加工のあては見つかったか?」

ミスリルは当然、そのままでは戦闘に使えない。

職人の手が入って初めて、ちゃんとした武器として使えるようになる。

ミスタルトは有名な冒険者のようだし、職人のツテくらいはあると思っていたのだが……。

「職人は、まだ探しているところです。ミスリルをちゃんと扱えるような鍛冶師《かじし》となると、探すのが難しいので……」

どうやらミスタルトの人脈をもってしても、あの武器を作り直すのは難しいようだ。

となると……俺の出番かもしれないな。

「あてがないなら、俺が作るか？」

「失礼な聞き方になりますが……錬金術師に、武器が作れるんですか？」

「もちろん作れる。クオリティに満足するかは、ミスタルト次第だが……俺が壊した武器だから、加工費はタダでいい」

錬金術師が扱うのは薬だけではない。

金属や武器だって、錬金術師の仕事の範疇《はんちゅう》だ。

鍛冶師とはややスタイルが違うが……ミスタルトが元々持っていた剣を超える性能を出すことも可能なはずだ。

竜との戦闘のとき、俺はあの剣に助けられたようなものだ。

それに対する恩返しとしては、安いものだろう。

「しかし、薬と金属では……」

そう言ってミスタルトは、ミスリルの球を見る。

……そして、少し黙った後、俺に尋ねた。

「壊れた武器は、こんなに綺麗《きれい》な球体をしていないはずです。……加工したのは誰《だれ》ですか?」

「俺だ」

「……これほどの完璧《かんぺき》な金属球の加工を、あの混迷した状態の中で?」

「錬金術師にとって、ミスリルなんてただの粘土と変わらない。強度を出そうと思えば、また話が変わってくるがな」

そう言って俺はミスリル球に触れ、錬金術でぐにゃぐにゃと曲げてみせる。

物体の性質に干渉しない、ただ形だけを変える錬金術は、とても簡単な術式だ。

最後に俺がミスリルを球体に戻したのを見て、ミスタルトは口をあんぐりと開けた。

「な……何が起こっているんですか……？」

「これが、錬金術師の金属加工だ。どうする？　試しに加工してみて、気に入らなければ元の球体に戻すってのもありだ」

俺の言葉を聞いて、ミスタルトが呆然《ぼうぜん》とした顔で考え込む。

目の前で起きたことが、信じられないといった顔だ。

「ありえません。ありえませんが……あれだけの奇跡を起こせる錬金術師なら、こんなことができてもおかしくはない、ですよね……」

ミスタルトは自分に言い聞かせるように、そう呟《つぶや》く。

そして、意を決したように俺の方を向いて告げた。

「お願いします。ただし、一つだけ条件があります。ちゃんとお金は取ってください」

「……いいのか？」

「良い仕事に対して報酬を出すのは、技術に対する最低限の敬意というものです」


なるほど。

そういう考え方もあるのか。

やっぱりミスタルトは、第一支部には向いていないようだな。良い意味で。

「加工に向いた場所はあるか？　……この酒場くらいのスペースが欲しい。派手に火を燃やしても問題ない場所だ」

「それなら、ギルドの訓練所がよさそうです。借りるのに手続きが必要なので、1時間後に集合でいいですか？」

「ああ。その間に俺は、道具を調達しておこう」

そう言って俺達は、一旦《いったん》別れた。

ただ材料の形を変えるだけなら素手で十分だが、武器として使えるように『まともな強度』を出そうとすると、色々と道具が必要だ。

うまくいったら報酬ももらえるという話だし、ここは手加減抜きでいこう。

もう、竜の攻撃を受けたくらいじゃ曲がらないようにしないとな。

第四章

EPISODE 004

それから少し後。

俺達《おれ》は、ギルドの訓練所へと来ていた。

訓練所では炎魔法などの練習も行われるので、しっかりと防火を考えて作られているようだ。

「なかなか広いな……これ、貸し切りなのか？」

「もちろんです。貸し切りとなると費用がかかりますが、私が持つので心配しないでください」

なるほど。まあ『始《はじ》まりの街《まち》』でこんな広い場所を貸し切ろうとしたら、金がかかって当然だよな。

『始まりの街』の土地って、けっこう高いらしいし。

そんなことを考えつつ、俺は特殊空間バッグから、使う道具を取り出す。

金床《かなとこ》やハンマー、それから大量の薪《まき》といった、ごく一般的な鍛冶《かじ》道具だ。
市販品そのままでは俺の使い方に耐えられそうになかったので、適当に加工して硬化や耐熱強化を施《ほどこ》しているが。

「じゃあ、早速始めようか」

「……待って下さい。今、どこから道具を出したんですか？」

「それと同じ、特殊空間バッグだが……」

そう言って俺は、ミスタルトの持っているバッグを指す。
あれも恐らく、特殊空間バッグだ。

「それは分かりますが……なんでそんなに入るんですか⁉　明らかに、金床とか入るサイズじゃないですよね……？」

「特殊空間バッグは、体積も減るものだろう？」

このバッグは内部の空間を特殊な状態にすることで、中に入れた物の体積や質量を圧縮している。

そのため、見た目に比べて大きい物が入るのは当然だ。

俺のはミスタルトのものに比べて性能が高いようだが、基本的な原理自体は、どんな特殊空間バッグも変わらない。

「確かに、そうですけど……そのバッグ、元々の何倍の荷物が入るんですか？」

「30倍ってとこだな。体積も重さも、30分の1になる」

「こ、国宝級のアーティファクト⁉」

市販品の材料で適当に作った程度のバッグが国宝級とは、随分《ずいぶん》と大げさなことだ。

いくらまともな錬金術師が少ないとはいっても、この程度のバッグなら普通に手に入りそうなものだが。

それはそうとして、聞いたことのない単語が出たな。

「アーティファクトって何だ?」

「古代文明の時代に、始祖の錬金術師によって作られた、現代では再現できない品々の呼び名です」

「……始祖の錬金術師?」

それはもしかして、俺が生まれた時代のことだろうか。

自分のいた時代、それもたった500年前の文明が『古代文明』などと呼ばれているのは不思議な気持ちになるが……文明の衰退具合からして、今の文明と当時の文明の間に、大きな断絶があったことは間違いないし。

「はい。始祖の錬金術師、マイアハーゼ……知りませんか?」

「分からないな」

マイアハーゼという名前は、師匠と同じだ。

だが、師匠が『始祖の錬金術師』などと呼ばれているのを聞いたことはない。

「信じられない話かもしれませんが……480年ほど前まで、この世界は空まで届くような建物が立ち並ぶほど発展していたんです」

そのことは、よく知っている。

なにしろ、俺はその時代に生きていたのだから。

「発達した文明は、たった一人の錬金術師……『始祖の錬金術師　マイアハーゼ』たった一人によって支えられていました」

ああ、この『始祖の錬金術師』って、たぶん師匠のことだな。

当時の世界に存在した高層建築物が全《すべ》て師匠によって作られたものだという自慢は、師匠に聞かされたことがある。

たった一人で、どうやって世界中に建物を作ったのか……という疑問もあるかもしれないが、それは師匠が作ったのが、建築物のコアとなる『宝玉《ほうぎょく》』だけだからだ。

『宝玉』は魔力を流して起動すると、周囲から土砂や金属といった材料を勝手にかき集め、再構成によって一瞬で建築物を作り上げる。

そんな『宝玉』を、師匠は大量生産して、世界中にばらまいていた。

他《ほか》にも師匠が作ったものは、当時の文明を支えていたようだが……問題は、なぜその文明が衰退したかだ。

「どうして、今みたいな世界になったんだ？」

「今から480年前……『始祖の錬金術師　マイアハーゼ』が作ったものは全て消滅したと言われています。代わりに、迷宮が現れました。……当時の文明はマイアハーゼの制作物に依存していて、自力では文明を立て直せなかったそうです」

なるほど。

にわかには信じがたい話だが……その話を聞いて、色々と疑問に思っていたことに説明がついた。

師匠がやろうと思えば、自分が作ったものを全て消滅させることくらいは、確かにできただろう。

俺が眠っている間に研究所が消滅していたのにも納得がいく。

あの研究所は災害にも耐えられるような頑丈な造りになっていたが、建物部分を作ったのは師匠だ。

師匠が作ったものが全て消滅したのなら、あの研究所が消滅するのも当然だろう。

迷宮に現れた竜から師匠の魔力を感じたのも、そのあたりが関《かか》わっているのかもしれない。

師匠が作ったものが消滅すると同時に迷宮が現れたなんて、偶然とは思えないし。

というか昔の文明って、師匠に支えられてたのか。

もしかしたら当時の世界でも、一人前の錬金術師と呼べる者は師匠だけだったのかもしれない。

俺は研究室の外の世界をあまり知らなかったので、今となっては調べようのないことだが。

「しかし、迷惑な話だな……」

文明を自分で作ったもので埋め尽くしておいて、急に消滅させるなんて、あまりにもひどい話だ。

高層建築物が急に消滅したら、中にいた人々は恐らく全滅だ。

もちろん高層建築物には、非常事態に備えた脱出設備なども用意されていたが、それも師匠が作ったものだしな。

当時のエリート層や知識を持った者――文明を建て直す際に指導者になれるような人々だって、高層建築物に住んでいたはずだ。

それが急に全滅したら、文明が消滅するのも無理はないだろう。

我が師匠ながら、ちょっとどうかと思う。

俺のことも『私の実力を超えるまでは面倒を見る』などと言っておいて、結局途中でほっぽり出して出ていってしまったし。

「ひどい話ですよね。『錬金術師を信用するな』っていう話も、元々はここから来ているそうです」

どうやら錬金術師差別は、師匠のせいだったようだ。
……うん。錬金術師の名誉を取り返さなきゃいけない理由が増えたな。
師匠の悪事の尻拭《しりぬぐ》いは、弟子の仕事だ。

「でも、俺のことは信用してくれるんだな」

「それは当然です。500年も前の、本当にあったかどうかも分からない言い伝えなんかより、自分の命を助けてくれた人を信用するに決まってます」

どうやらあの竜の討伐《とうばつ》は、随分と影響が大きかったようだな。
俺に倒されるために出てきてくれた竜に、感謝しなければ。

「ありがとう。……でも、師しょ――マイアハーゼが作ったものは、全部消えたんだよな？　なんでアーティファクトは残ってるんだ？」

危ない危ない。師匠と言いかけてしまった。
まあ、500年も前の人間を師匠だと言ったところで信じてはもらえないだろうから、問題ないのだが。

「それには諸説あります。特殊な環境にあったから消えなかったという説や、そもそもマイアハーゼが作ったものではないという説ですね」

「別の奴《やつ》が作ったってことか」

「眉唾《まゆつば》な話ですが……当時は、マイアハーゼを超える錬金術師が一人だけいたという説もあるそうです」

「……そんな奴がいたなら、マイアハーゼが作ったものがなくなっても文明を立て直せるんじゃないか？」

「そうなんですよね。歴史研究者の話だと、その錬金術師は研究所にずっと閉じこもっていて、しかも『大崩壊《だいほうかい》』の20年前あたりに姿を消したそうです」

大崩壊の20年前……。

ちょうど俺が『若返りの薬』を飲んで眠りについた頃《ころ》だな。

あの時代には、師匠を超える錬金術師がいたかもしれないのか。

ちょっと会ってみたかったかもしれない。

「そのあたりの詳しい話って、どこかで読めたりするか？」

「分かりません、当時の文明は崩壊してしまって、半分神話みたいなものですから。……知り合いに研究者でもいれば紹介できるんですけど、そっちは専門外で」

なるほど。

半分神話みたいなもの……というレベルだと、大した情報は手に入りそうにないな。

まあ、文明崩壊に近い状態では、まともな記録など残らなくても仕方がないか。

「ありがとう。さっそく武器作りに入るか」

訓練所を借りていると、金がかかってしまう。

話なら後でもできるので、まずは武器作りだ。

「お願いします。……すごい特殊空間バッグですけど、使うのは普通の鍛冶道具なんですね」

「ああ。錬金術でも加工はできるし、そっちのほうが早いんだが……品質を追求しようとすると、こういうやり方が必要になる」

そう言って俺は、薪を積み上げて炎魔法で火をつける。

30秒もかからずに、大きなたき火ができた。

とはいっても、たき火に入れているのは買ってきた薪のうち1割にも満たない。

残りの薪は、炎から離れた場所に積んだままだ。

俺はその薪の山に、燃え盛る炎から抽出した火属性を混ぜていく。

「これは……何をやっているんですか？」

薪に火属性を送り続ける俺を見て、ミスタルトが俺にそう尋ねる。

属性の抽出は錬金術師や魔法使いでないと気付けないので、ミスタルトは恐らく、俺がただ薪の山の前に座っているように見えていることだろう。

「まずは薪の品質を上げる。普通の薪では、火力が足りないからな」

「火力が欲しいなら、火属性の魔道具を用意します。薪よりパワーは出ると思いますから」

「いや、火力を出したいなら、こっちのほうが早い」

俺はそう言って、積んであった薪の中に混ざっていた小さな破片を放り投げて、炎魔法で火をつける。

火属性の魔力をたっぷりと追加された小さな木片は、ごうごうと音を立てて燃え上ががった。

「な、なんて火力……！　これ、本当にただの薪ですか？」

ごく小さい木片が出した火力を見て、ミスタルトが驚愕《きょうがく》の声を上げる。

普通の薪なら、このサイズの木片など、火起こしくらいにしか使えない。

それが少し炎属性を足すだけで、これだけの火力ができてしまうのだ。

「錬金術で強化した薪だ。まともなサイズの薪なら、この数十倍の火力が出る訳だが……魔道具でやろうと思ったら、いくつ必要になる？」

「数がどうとかいうより、まず出せないと思います。……っていうかこれ、武器として使えませんか？」

さすが上位の冒険者だけあって、目の付け所が鋭いな。

こうやって炎属性を足した薪を爆薬代わりに使った戦い方は、実際に存在する。

「実は武器としても使える。危険だから、あまりお勧めはしないけどな」

炎属性を含ませた薪は、火力が上がるだけではなく、火が付きやすくなる。

そのためあまり大きな炎属性を薪に含ませてしまうと、ちょっとした摩擦熱とかで発火や爆発《ばくはつ》してしまうことになるのだ。

「錬金術でこんなことができるとは、初めて知りました。……でも、鍛冶にこんな火力が必要なんですか？」

「必要だ。特にミスリルの加工ではな」

そう話しながら、たき火の炎属性を足しているうちに……薪が完成した。

普通の薪とは比べものにならない火力を誇る、生半可な耐熱性しか持たない金属なら溶かしてしまうような薪だ。

この火力に耐えるために、俺は使う道具の耐熱性を上げたのだ。

俺は火力を上げた薪を積み上げ、中に道具と材料のミスリルを置く。

そして、炎魔法で火をつけた。

「あれじゃ近付けないですけど……火力の調整を間違えましたか？」

材料と道具が炎に包まれたのを見て、ミスタルトが呆《あき》れたような声を上げる。

だが、これで間違っていない。

「大丈夫だ。必要なのはこの温度だからな」

俺はそう言って、魔法で生み出した水を頭からかぶると……燃え盛る炎の中に歩いて入る。

薪から立ち上《のぼ》る炎が体に当たるが、それは気にしない。

「ちょっ……そんなところに突っ込んだら火傷《やけど》しますよ！　戻って下さい！」

「俺は錬金術師だ。この程度の熱で火傷するような鍛え方はしていない」

そう言って俺は、炎によって１３００度近くまで加熱されたハンマーを、素手で摑《つか》み上げる。

錬金術師というものは、属性の扱いに長《た》けている。

自分の身にふりかかる炎属性を、体に当たる前に跳ね返すことで、高熱にも耐えることができるのだ。

ちなみに、水をかぶったのは気分的な問題だ。

いくら属性を跳ね返せるとはいっても、炎の中にいれば暑いからな。

「錬金術師がどうとか以前に、人間のレベルを超えてますよね……？　というか、なぜ炎の中に飛び込む必要が……？」

金床にミスリルの塊《かたまり》を置いて叩《たた》き始めた俺を見て、ミスタルトが呆然《ぼうぜん》とした声を上げる。

確かに……俺も昔、師匠が燃え盛る炎の中で鍛冶仕事をし始めた頃には、似たようなことを思ったものだ。

「いい剣を作るためだ」

これはミスリルを扱う錬金術師にとって、必要なことなのだ。

ミスリルは１３００度あたりまで加熱することで結晶構造が変化し、強度が大幅に上がる。

原理的には焼き入れと同じなのだが……問題は、ミスリルは１３００度を超えるときに、大きく形が変わることだ。

通常の焼き入れは、剣の形を作った後で温度を上げることで、金属の強度を上げる。

だがミスリルで同じことをしようとすると、温度を上げた瞬間に剣がグニャグニャに曲がってしまい、使い物にならなくなるのだ。

それを避けるためには、１３００度を超える環境——つまり炎の中で、作業を終わらせるしかない。

だから、ミスリルを扱う錬金術師には耐熱性が必要になるのだ。

まあ他の金属の場合、もっと高温に耐えなければならないこともあるので、１３００度くらいならまだぬるいほうなのだが。

などと考えながら鍛造《たんぞう》をしていると、剣が形になってきた。

俺はそこに、錬金術による調整を加えて、さらに強度を上げていく。

そして、ちょうど用意した薪が燃え尽きて火力が落ち始めた頃に、剣が完成した。

「よし、完成だ」

俺は残った炎を水魔法で消し、できあがった剣に水をかける。

ジュッという音とともに、赤熱していたミスリルが元の青白い色を取り戻した。

「な……なんで服すら燃えていないんですか……？」

「そういう服だからな」

この服は、もちろん自作だ。

錬金術師の置かれる過酷な環境に耐えるために、数千度の高温や硫酸、王水《おうすい》といった強力な酸でもびくともしない造りになっている。

「俺のことは置いておいて、剣の試し斬《ぎ》りをしてくれないか？　ミスタルトに合うように調整したつもりだが、武器には好みってあるからな」

そう言って俺は、できあがった剣をミスタルトに手渡す。

一応、手元にあった材料でできる限りの性能は出したはずだが、問題はミスタルトが満足するかどうかだ。

もし気に入らない点があれば、作り直さなければならない。

そのために、薪は2回分用意してある。

「わ、分かりました。試してみます」

ミスタルトは困惑しつつも、俺から剣を受け取る。

剣を握った途端、ミスタルトの顔つきが変わった。

どこまでも真剣な、武人の表情だ。

ただ剣を握っているだけなのに、まるで魔物に立ち向かう戦士のような気迫を感じる。

話し方や見た目からは、あまり想像できなかったのだが……こういう姿を見ると、ミスタルトが上位の冒険者だというのも納得してしまうな。

「はっ！　……やっ！　……ふっ！」

ミスタルトはかけ声とともに、訓練所に置かれている試し斬りの的《まと》を切り裂いていく。

その剣筋には、ぶれが全く感じられない。いい剣だ。

用意されていた的が完全に原型をとどめなくなったところで、ミスタルトは剣を置いた。

剣から手が離れると、ミスタルトの表情が普段のような柔らかなものになる。

そして、ミスタルトが俺に尋ねた。

「こ、こんなに斬れる剣を見たのは初めてです。……それなのに、刃こぼれ一つしていない……」

ミスタルトは刃を観察して、そう呟《つぶや》く。

剣の耐久性と切れ味というものは、基本的にトレードオフだ。

「材料の強度がある分、刃を薄めに作れたからな」

刃を薄くすれば切れ味はよくなるが、強度も落ちてすぐ刃こぼれするようになる。

耐久性を保ったまま切れ味を維持するためには、職人の腕と材料の強度、二つが揃《そろ》う必要がある。

俺がわざわざ１３００度の炎の中で鍛冶仕事をしたのは、そのために必要な強度を確保するためだ。

「それに、すごく振りやすいです。普通に振るだけで、前より剣速が出ているような……もしかして、剣を少し軽くしましたか？」

「いや、重さは同じだ。その代わり、重心の位置を14・2ミリだけ根元側に寄せた。……筋肉のつき方や歩き方を見てると、このくらいのほうが振りやすいと思ってな」

「なんだか、超一流の鍛冶師の言葉を聞いている気分になりますね……」

そう言ってミスタルトが剣に目をやり……呟いた。

「訂正します。『気分』じゃなくて、本当に超一流の鍛冶師の言葉でした」

どうやら、剣の仕上がりには満足してもらえたようだな。

この様子だと、調整も必要なさそうだ。

「報酬を渡すので、家に来て下さい」

「分かった」

そう言って俺は、ミスタルトの後についていく。

どうやら第一支部の主力と呼ばれるレベルの冒険者だと『始まりの街』に家まで持っているようだ。

金額はミスタルト次第ということになっていたが……いくらもらえるのだろうか。

などと考えているうちに、『始まりの街』の中でもひときわ大きい家の前に辿《たど》り着いた。

ミスタルトはそこで立ち止まり、俺に告げる。

「これが私の家です」

「……豪邸だな」

ミスタルトの家は大きいが、それだけではない。

使われている素材が、周囲にある他の家とは数ランク違う。

いかにも『お金持ちが住んでいます』って感じの家だ。

「私自身は、あまり大きい家は趣味ではないのですが……ナメられないための道具としては、便利なんですよ。冒険者は、ナメられたら終わりですから」

「第一支部の主力でも、そういうのを気にするのか……」

「女性冒険者は、見た目でナメられやすいんです。……最近は流石《さすが》に、少なくなりましたけどね」

ミスタルトの口から『ナメられたら終わりだ』なんて言葉が出るとは思わなかった。

見た目は女の子でも、しっかり冒険者なんだな……。

そんなことを考えていると、ミスタルトは家に入っていった。

第五章

EPISODE 005

それから数分後。

ミスタルトが、小さな革袋を持って戻ってきた。

革袋は、硬貨と思《おぼ》しきもので膨らんでいる。

袋の中の硬貨の数は恐らく30枚くらい。

中身が銀貨なら、30万ギールの報酬ということになる。

もし金貨なら、３００万ということになる。金貨だったら嬉《うれ》しいな。

「これが報酬です。確認してください」

「ああ」

そう言って俺《おれ》は袋を開き、中身を確認する。

中には、白い硬貨が入っていた。

白いが……銀ではない。

俺はあらゆる金属を扱う錬金術師なのだ。金属の種類くらい見れば分かる。

これはプラチナだ。

別名、白金《はっきん》とも呼ばれる。

……そういえば迷宮都市までの移動で同行したターニアが、金貨の上には大金貨と白金貨があると言っていたな。

一般人が扱うようなものではないので、覚える必要はないとも。

「……これは、白金貨か？」

「そうですよ。……白金貨を見るのは初めてですか？」

「ああ。一般人には縁がないものだという話は聞いたことがあるがな。……これ、1枚いくらなんだ？」

「一般人には縁がない……確かにそうですけど、この剣を作れる人を一般人と呼ぶのは違う気がします……。白金貨は1枚1000万くらいなので、マーゼンさんならこれから何度も扱うことになると思いますよ」

1枚1000万。

それが、30枚もある。

「つまり、3億ってことか。……これ、値段おかしくないか？」

「安すぎでしたか？　確かにこのクラスの装備となると、値段をつけるのが難し――」

「高すぎるって意味だ！」

3億ギール。

ターニアから聞いた貨幣価値が正しいとしたら、この金額があれば一般人は一生働かずに暮らせる。
武器1本でこの値段は、さすがにおかしい気がする。

そう考えて言ったのだが……。

「性能を考えると、別に高くもないと思います。前の剣は5000万でしたし」

あの剣で5000万か。
元々の剣は確かに丁寧に作られてはいたが、客観的に見てこの剣より性能ははるか下だ。
確かに、あれの6倍の値段と考えると、妥当な気もする。

「だが……こんなにもらっていいのか？」

「大丈夫ですよ。もし市場でこんな剣が3億ギールで売っていたら、私は買うと思いますし。今からこの剣で戦えば、元を取れる自信もあります」

……おお。

上位の冒険者っていうのは、稼げるものなんだな。

まあ、ミスタルトは第一支部の主力らしいので、上位冒険者の中でも特別なのだろうが。

「じゃあ、これはありがたく受け取っておこう」

「それと……一つお願いがあります」

「何だ？」

「『火龍《ひりゅう》の使《つか》い』が入手したっていうポーション……あれって、マーゼンさんが作ったやつですよね？」

俺が作ったポーションの話、もう伝わっていたのか。

確かに、市販品のポーションがあの酷《ひど》さだと、俺のポーションが素晴らしい品として扱われるのも無理はない。

まともな薬があれば、冒険者は非常に戦いやすくなるだろうし。

「ああ。俺のポーションが『火龍の使い』に売られたのは事実だ。ギルドを通してだけどな」

「高くてもいいので、その……私にも、ポーションを売って欲しいんです。第二支部に移籍するので、錬金ギルドとしても問題ないと思います」

「分かった。後で作っておくから、必要な数を計算しておいてくれ」

どうやら、またポーションの買い手が増えたようだ。

元々、『火龍の使い』に売るポーションも作り直さなければならないところ、手間は大して変わらない。丸儲《まるもう》けって感じだな。

さっそく材料を調達して、また作ることにするか。

しかし……この調子でいくと、ポーションの需要はどんどん増えていきそうだな。

俺は別に、ポーション職人になりたいわけではないのだが。

それに、高品質なポーションを大量に出回らせてしまうと、錬金ギルドの仕事を奪ってしまうことになりそうだ。

錬金ギルドの人々は、（錬金術の腕はともかく）いい人達のようなので、できれば仕事は奪いたくない。

……そうだ。いいことを思いついた。

◇（1週間後、冒険者ギルド迷宮都市第一支部にて）

「どうなっている！」

荒々しい怒鳴《どな》り声が、ギルドの中に響いた。

通常、ギルドの中で怒鳴るような者がいれば、すぐ他《ほか》の職員によって止められる。

だが今日は、誰《だれ》も止める者などいなかった。

怒鳴ったのが、他でもないこの場の最高権力者——冒険者ギルド第一支部統括《とうかつ》のライザル＝ギスタールだったからだ。

苛立《いらだ》つ支部統括から、職員たちは目を逸《そ》らした。

どうやら、支部統括とわざわざ目を合わせたい者はいないようだ。

それは、このギルドの支部内部にさえ、支部統括ライザルの味方がいないことを意味していた。


(どうなってるもクソも、お前のせいだろ……)


ギルド職員の一人が、心の中で悪態をつく。

3年前に王都からやってきた支部統括ライザルは、25歳という若さで統括まで成り上がっただけあって優秀だという前評判だった。

だが――その実態は、ひどいものだった。


確かに、最初の1年間は成果が上がった。

魔物の討伐《とうばつ》数がたった1年間で30%も向上し、本部から表彰の話が持ち上がったくらいだ。

だが、それは多くの冒険者達の命と引き換えだった。

わざと依頼のランクや文章などを調整して、なかば騙《だま》すような形で危険な依頼を冒険者に受けさせることで、ライザル率いる第一支部は結果を出していたのだ。

当然、死亡者の数や怪我《けが》人は増える。

そのことに気付きだした冒険者達は、ギルドに対して不満を抱き始めた。

第一支部を去り、第二支部へと移籍したがる者も現れた。

当然、そういった者には圧力をかけて黙らせた訳だが、それにも限界がある。


……そこでライザルが使ったのが、錬金術師への差別だ。

元々この世界には、錬金術師への差別意識があった。

ライザルは、そこを上手《うま》く利用して、不満の矛先を錬金術師に向けた。


この作戦は最初の頃《ころ》、うまくいった。

悪いのはギルドではなく、冒険者を癒《いや》す薬をまともに作れない錬金術師なのだという評価が迷宮都市中に広まり、第一支部への不満は和らいだ。

討伐数は全盛期ほどでなくなったが、ライザル就任前と同程度には出ていた。


だが、討伐数は日に日に下がっていった。

考えてみれば、当然のことだ。

実際に戦う冒険者達が、死んだり怪我を負ったりすれば、次の日からは討伐に参加できる冒険者は減ってしまうのだから。

——この現象は、迷宮都市に限った話ではなかった。

ライザルが過去に所属した他の支部でも、短期的には成果が上がっていたが、その後は急降下していたのだ。

在籍中の成績しか見ないという、ギルドのシステムの穴をつき、限りある冒険者という人的資源を『消費』することによって成り上がってきたのが、支部統括ライザルという男の正体だ。

「くそ、こうなれば緊急依頼でも……いや、流石《さすが》に本部に気付かれる可能性が高いか……」

ライザルが苛立ちながら、そう呟《つぶや》く。

緊急依頼というのは緊急時に発令される、普通の依頼に比べて高い強制力を持つ依頼のことだ。

もし発令された場合、実力不足の冒険者以外は基本的に全員参加だ。

参加しない場合、ギルドからの評価が下がり、ランクアップなどに支障が出ることになるのだ。

適当に非常事態をでっちあげて緊急依頼を発令すれば、冒険者たちは否応《いやおう》なしに戦わざるを得なくなり、討伐数が稼げるだろう。もちろん犠牲もその分増えるだろうが。

この期《ご》に及《およ》んで、冒険者を使い潰《つぶ》して成果を上げる。

それしか考えていないのが、ライザルという男だった。


「このままではいけない。このままでは……」


もちろん緊急依頼のでっちあげなど、バレれば処刑の可能性まである重犯罪だ。

そんな選択肢まで考えなければならないほど、事態は切羽《せっぱ》詰まっていた。

第一支部がここまで追い詰められた原因は二つある。


一つ目は、主力冒険者『殲滅《せんめつ》』のミスタルトを筆頭に、１００人近い冒険者が第二支部へと移籍したこと。

ミスタルトは戦力としても大きかった上に、第一支部の冒険者達にとって、精神的な支えにもなっていた存在なのだ。

そのミスタルトが移籍したせいで、第一支部の冒険者達の士気は大幅に低下し、人材の流出は加速していた。

二つ目は、第一支部の団結を支えてきたもう一つの柱――錬金術師への差別が揺るぎ始めたことだ。

『始《はじ》まりの街《まち》』でマーゼンが竜を倒し、強力なポーションによって多くの冒険者を――一人の死者すら出さずに助けたという噂《うわさ》は、瞬《また》く間に迷宮都市中に広まった。

冒険者という者は、命に対してとても敏感だ。

自分の命にも関《かか》わることなのだから当然だが、致命傷を助けられるようなポーションを作れるマーゼンに敵対したい者はいない。

さらに冒険者は、力と勇気に秀でた者を尊敬する。

一人で竜に立ち向かい、打ち倒したマーゼンは、尊敬の的《まと》だった。

結果として、マーゼン一人のせいで錬金術師の評価は今までとは比較にならないほど上がり、錬金術師差別はもはや支部の団結を支えるだけの力を失っていた。

迷宮都市に第一支部と第二支部があるのは、競争によって成果を向上させるためだ。

中の職員たち――特に上層部の出世は、この競争にかかっているといっても過言ではない。

今のままの状況なら、支部統括ライザルは間違いなく左遷《させん》され、出世コースを外れることになる。

「どうすればいい。どうすれば、この状況を打開できる……！」

神経質そうに爪《つめ》を噛《か》みながら、支部統括ライザルは討伐実績の書かれた書類を睨《にら》み付《つ》けた。

そこでライザルは、一つのことに気がついた。

今の状況悪化は、どちらも『ある人間』が関わっている。

では、その人間さえ何とかすれば、状況は好転するのではないか。

ライザルは、出世のためなら何でもやる男だ。裏社会へのツテくらいは、当然持っている。

危険な手段だが、他に手があるとは思えなかった。

「……賭《か》けに出るべき、か」

ライザルはそう言って席を立ち、ギルドから出ていった。

この状況を打開する『作戦』の、準備を始めるために。

◇

ミスタルトの剣を作ってから1ヶ月ほど後。

俺はとある倉庫の中で、薬の調合を眺めていた。

倉庫には大量の調合器具が並べられ、30人近い錬金術師が薬を調合している。

俺はこの1ヶ月ほどの間、ここで錬金術師達に『まともなポーション』の作り方を教えていたのだ。


「マーゼン先生、審査をお願いします」


一人の年老いた錬金術師が、そう言って俺の元にフラスコを運んできた。

18歳の見た目の俺が、下手すると60歳近い薬師に『先生』と呼ばれる光景は違和感があるかもしれないが……まあ俺の実年齢は100歳以上なので、あまり気にはならない。

気になることがあるとすれば、俺は半人前の錬金術師に過ぎないのに、偉そうに指導などしていいのかという点くらいか。

「分かった。拝見しよう」

俺はそう言って、できあがったばかりのポーションを眺める。
ポーションの種類は、俺が試験で作ったのと同じ。
つまり、ナイギ草とニアラの根を使ったものだ。

そのポーションの色は、青く澄んでいる。
過去に錬金術師達が作っていた薬のような、濁った茶色ではない。

「……合格だ」

俺は注意深くポーションを観察した後、錬金術師にそう告げた。
100％の仕上がりとは言えないが、実用に耐えるレベルのポーションができていた。
このクオリティが維持できるのであれば、冒険者達を癒《いや》すのにも役に立つだろう。

「ありがとうございます！　……しかし、せっかくの飯の種を教えてくれてよかったのですか？」

年老いた錬金術師が、俺にそう尋ねる。

俺はそれに対して、にこやかに答えた。


「ああ。飯の種なら他にいくらでもあるからな」


この答えは半分本当で、半分嘘《うそ》だ。

俺はポーションの作り方を教えること自体に対しては、錬金術師達から金をとっていない。

ただし、ポーションを売って得た利益《りえき》のうち５％を、俺が受け取る契約になっていた。

薬の効果の違いを考えれば、５％というのは安いように見えるかもしれないが……実のところ、俺に入る金額は莫大なものになると見込んでいる。

なにしろ、このポーションの作り方は、迷宮都市の至る所で――下手をすれば、迷宮都市の外でさえ使われるのだから。

しかもその金は、一度作り方を教えてしまえば、俺が何もしなくても転がり込んでくる。

俺は金の心配をせずに、錬金術を続けられるという訳だ。

もちろん利益と関係なく、錬金術師の名誉を取り戻したいというのも、薬の作り方を教えた理由なのだが。


他にももう一つ、俺が得る利益はある。

それは、素材の入手だ。

まともなポーションが大量に出回ることで、冒険者達は戦いやすくなり、迷宮の攻略が進む。

そうなれば俺は、迷宮から産出した素材を手に入れやすくなるという訳だ。


「新しいポーションへの反応は、どんな感じだ？」


俺はそう、錬金ギルドの職員に尋ねる。

粗悪なものが流通するのを防ぐため、作られたポーションは全《すべ》て錬金ギルドが買い取って、しっかりと検品したうえで販売されることになっている。

作り方を教えた生徒のうち半分程度はすでに卒業し、ポーション造りに入っているため、ギルドにはそろそろ情報が入る頃のはずなのだが……。


「評判は上々みたいです。予約は最短でも2週間待ちで、この薬を買うために第二支部へと移籍する冒険者も多いみたいですよ」

なるほど。狙《ねら》い通りの効果が出ているようだな。

俺は別に『第一支部に薬を売るな』などと言ってはいないし、ギルドも別に『第一支部に薬を売らない』と決めているわけではない。

とはいえ……薬の数が足りていない状況では、錬金ギルドと表だって敵対している第一支部より、第二支部に優先的な薬の配分が行われるのが当然だ。

まともなポーションを作れる錬金術師が足りない今、新しい薬を入手できるのは、実質的に第二支部のみとなっていた。

「……あの支部統括の怒る姿が目に浮かぶようだな」

「まったくです。それを想像するだけで、ご飯が美味《おい》しく感じますよ」

俺はそんな会話を交わしつつ、薬を作る生徒達を眺める。

今日が俺のポーション造り講座の最終日。

これからは、俺に指導を受けた生徒の中で優秀な者が講師を務めるため、俺は自分の錬金術に集中できることになる。

もう俺が何もしなくても、まともなポーションがどんどん広まっていくという訳だ。

新しいポーションの製法は、これから多くの冒険者の命を救い、錬金術師達の名誉回復に役立つことだろう。

錬金術の研究という意味では、少し寄り道になってしまったが……こういうのも悪くないな。

第六章

EPISODE 006

翌朝。
目を覚ました俺《おれ》は、窓の外に小さな箱が置かれているのに気がついた。
誰《だれ》かが、窓枠を荷物置き場代わりにしている……という訳でもないだろう。
なにしろ、俺が今日泊まっているのは宿の3階なのだ。
わざと置かなければ、こんな場所に荷物がある訳がない。

「……何だこれは？」

俺は窓を開けて、箱を観察する。
中の魔力や属性をのぞいてみた感じ……とりあえず、危険物ではなさそうだ。
どちらかというと、食品に近い気がする。

「開けてみるか」


俺は箱を手に取り、開いてみた。

すると、中には手作りのクッキーらしきものが入っていた。

試しに一つ食べてみる。


「……ふむ。味はそこそこだな」


いかにも手作りといった感じの、素朴な味だ。

特徴的なのが、わずかな苦みだな。

恐らくニガヨ草という、解毒効果を持つ薬草が混ぜられている。

今の時代になってから、甘い物はあまり食べていなかったので、とても美味《おい》しく感じる。

というのも、今の時代では砂糖が高価で、簡単には手に入らない品物らしいのだ。

問題は、そんな高級品を使ったクッキーを、誰が贈ってくれたかだな。

『始《はじ》まりの街《まち》』の竜の事件で、俺に助けられた者からの贈り物だろうか。

などと考えつつ俺は、クッキーが入っていた箱をひっくり返す。
すると箱の底が外れて、中から手紙が出てきた。
二重底。典型的な隠し手紙の手口だ。

「さて……こっちが本命といったところか」

そう呟《つぶや》いて俺は、手紙を開く。
手紙には、差出人の名前が書かれていなかった。
代わりに簡潔な文面で、俺への警告文が書かれている。

迷宮都市から逃げて下さい。
そして、支部統括《とうかつ》がいなくなるまで、迷宮都市に近付かないで下さい。
念のために、迷宮都市では、もう食事をとらないことをお勧めします。

……ふむ。

この文面を素直に解釈するなら、俺は支部統括から命を狙《ねら》われているということだろうか。

そのこと自体は、別に不思議でも何でもないな。

支部統括ライザルとは一度しか会ったことがないが、あの男は権力のためなら、俺を暗殺してもおかしくない。そういう目をしていた。

食事を摂《と》るな……ということは、恐らく暗殺の手段は毒殺か。

「警告は、ありがたく受け取っておこう」

俺はそう呟いて、手紙を特殊空間バッグへとしまい込んだ。

どうやら手紙の差出人は、俺に美味しいクッキーをくれた上に命の心配までしてくれたようだ。

誰がどんなルートで入手した情報なのかは分からないが、感謝しながら生活しなければならないな。

「さて、飯でも食うか」

警告をくれた差出人に感謝しながら、俺は宿の部屋を出た。

いきなり警告に逆らうようで申し訳ないが、俺はあんな奴《やつ》に命を狙われたぐらいで、迷宮都市から逃げるつもりはない。

毒なんかで錬金術師を暗殺できると思っているのなら、それこそお笑いぐさだ。

◇

それから数分後。

俺は迷宮都市にある、行きつけの飯屋に来ていた。

暗殺を避けるのであれば普段とは違う店を使うほうがいいのだが、それすら気にしない。

どうして俺が、暗殺者なんぞに気を使ってやらなければならないのか。

そう考えつつ俺は、いつものように注文をする。

「ジール・クラブの炒《いた》め物一つ」

「あいよ」

ジール・クラブの炒め物というのは、この店の名物料理の一つだ。

錬金術でも美味《うま》い料理は作れるのだが、人間が作った料理も、それはそれで味があって俺は好きだ。

そのため、俺は食事を摂るときには、できるだけ普通の店で食べるようにしていた。

もしかしたら、若返る前は錬金術の研究で閉じこもってばかりで、錬金術の料理ばかり食べていた反動かもしれないが。


「あいよ」


無愛想《ぶあいそう》な店主の言葉とともに、炒め物の皿が出てくる。

だが今日の料理は、普段のものとはひと味違った。


隠し味として、毒が混ぜられている。

もちろん、単純に毒を混ぜた程度で錬金術師の目をあざむける訳もない。

この程度の毒は、ただ見ただけで成分まで完全に分かってしまう。

毒はまだ料理に完全に溶け込んでいない。恐らく、料理を作った後で仕込まれたものだ。

ということで……店主は容疑者から外れる。

もし店主が俺に毒を盛ろうとするなら、最初から混ぜるだろうからな。


となると、どこから毒が混ぜられたかだが……。

（毒の混入ルートは、柱の裏の死角か）


この店は柱が多く、客の元に運ばれる料理は、途中で何度か死角を通ることになる。

恐らく毒は、その死角で店主の目を盗んで混ぜられたのだろう。

柱の死角は出口に近いので、恐らく実行犯はもう店の外に逃げてしまったのだろうな。

だが、店の中にはまだ犯人の協力者がいるかもしれない。

犯人としては、俺がちゃんと毒を食べて倒れたのを見届けたいだろうからな。

その望みに応えて、食べてやろう。

この程度の毒、錬金術師にとってはないのと同じだ。

暗殺者に料理的なセンスがないと、毒が味のハーモニーをぶち壊してしまい、悲惨な味になるが……そうでないことを祈ろう。


そんなことを考えつつ俺は、炒め物に口をつける。

一口食べて、俺は思わずうなった。


「……うまい」


炒め物の中に仕込まれていたのは、10種類近い致死性の毒を混ぜたものだ。

その中には、特徴的な旨辛《うまから》さを持つバクエンタケの他《ほか》、旨み成分を持つような毒が何種類か含まれていた。

元々の味と混ぜられた毒が絶妙なハーモニーを演出することで、炒め物は素晴らしい味になっていた。


しかし、この味――どこか懐《なつ》かしい味がする。

俺は一瞬考えて、その理由に思い当たった。師匠の料理だ。

師匠も、毒を使った料理が得意だった。

『猛毒料理を楽しめるのは、錬金術師の特権よ！』などと言いながら、手作りの猛毒料理を振る舞ってくれたものだ。アレは本当に旨かった。

今俺が食べている炒め物は……その師匠が作った、バクエンタケのソテー（致死量3グラム）を思い出す味だ。


この毒を選んだ奴には、間違いなく料理人のセンスがある。

明日からは毎日、今回の暗殺に使われた毒を調味料代わりに持ち込みたいくらいだ。

……調合するのは材料集めが面倒なので、暗殺者に頼んだら少し分けてくれないかな。

などと馬鹿《ばか》なことを考えつつ、俺は周囲の視線を探る。

すると……一人の男が料理を食べる手を止めて、俺のことを凝視しているのが分かった。

毒入りの料理を口にした俺がいつ倒れるかと、待ち構えているような目だ。


（少し、試してみるか）

そう考えて俺は一瞬だけ、首をカクリと下に落とした。

俺に注目していなければ気がつかない程度の動き。

だが、俺が死ぬのを待っていた人間にとっては、中毒症状で倒れる予兆にしか見えなかっただろう。


案の定、俺を凝視していた男は立ち上がろうとした。

その手には、水——正確に言えば、致死性の毒物が混ぜられた水が持たれていた。


中毒症状で嘔吐した俺に水でも飲ませるふりをして、毒殺するためだろう。

毒を適当に混ぜたのでは、ちゃんと致死量を飲ませられるかわからないからな。

しっかりトドメを刺すまで準備済みという訳だ。


（さて……襲撃をバラすのは簡単だが、どうするかな）


たとえ実行犯を捕まえたとしても、裏にいる奴が犯人の名前を知っているとは限らない。

あの手紙が正しいとすれば、犯人は支部統括ライザルだということになるが……ちゃんとした証拠が摑《つか》めなければ、ただの言いがかりだと切り捨てられても仕方がない。

となれば、しっかりとライザルを追い詰める算段がつくまで、こっちから動くのは得策ではない。

あくまで暗殺に気付かないふりをしつつ、準備を整えるほうがよさそうだ。

実行犯を捕まえると、警戒されてしまうからな。

（毒入り炒め物の旨さに免じて、今回は見逃してやろう）

俺は心のなかでそう呟くと、炒め物を平らげた。

そして次の客に毒が残ってしまわないよう、皿に残った毒を全《すべ》て錬金術で分解解毒して、席を立つ。

これで、もし暗殺者が皿を調べたとしても、毒は検出されない。

俺が生き残ったのは毒耐性ではなく、毒を混ぜる側の手違いだということになるだろう。

そのほうが、怪しまれなくて済む。

（さて……次はどういう手に出てくるかな）

わざわざ毒殺を仕掛けてくるような奴が、一度の失敗くらいで俺の暗殺を諦《あきら》める訳もない。

次はどういう手で来るのか、ちょっと楽しみだな。

もしまた毒殺を試みるなら、毒選びは今回と同じ奴に任せてもらいたいところだ。

そのほうが多分、おいしい料理を食べられるし。

しかし……あの手紙が来た当日に、いきなり暗殺とはな。

もし俺が毒耐性を持っていなければ、あの手紙に命を救われることになっていたかもしれない。

わざわざ犯人まで教えてくれたことだし、差出人には感謝しなければな。誰かは知らないが。

◇

それから数日後。

俺が朝起きると、また薬草入りのクッキーとともに、手紙が置かれていた。


「また、暗殺の予告か……？」

俺はそう呟きながら、手紙を開ける。
中はまた、警告のような文章だった。

いきなり迷宮都市で食事をとったと聞いて、驚きました。
しかし、本当に毒は効かないんですね。
生きていてくれて嬉《うれ》しいです。
でも、暗殺者はまだ諦めていません。
罠《わな》に気をつけてください。
特に迷宮には気をつけてください。

ふむ……。
どうやらこの手紙を出した者は、俺に毒が効かないということを知っているようだな。
毒を仕込んだことを知っているということは、内通者で間違いなさそうだ。

錬金術が廃れた今の世界でも、錬金術師に毒が効かないと知る者は、そう多くないかもしれない。

そう考えると……この手紙をくれているのは、知り合いか?

毒が効かないと伝えた相手は、ターニアくらいのはずだが……。


……しかし、確証はないな。

もし手紙をくれているのがターニアだったとして、俺がやるべきことは変わらない。


一つは、逃げないこと。

警告をくれている誰かには悪いが、恐らく俺を暗殺しようとしている人間は、俺が迷宮都市にいると都合が悪いのだろう。

だとしたら、逃げるのは敵に屈したようなものだ。

毒なんかで俺を暗殺しようとする奴に屈するなど、錬金術師の名折れだ。

逃げるのはありえない。

もう一つは、情報集めだ。

幸い、これに関してはいい手がかりがある。

誰かがくれた手紙には『特に迷宮には気をつけてください』と書かれていた。

つまり、次に暗殺を狙われる確率が高いのは、迷宮なのだろう。

迷宮内であれば、暗殺者を殺してしまっても簡単に証拠隠滅が可能だ。

錬金術で自白剤を作ることもできるし、あえて暗殺者の前に現れて返《かえ》り討《う》ちにすれば、だいぶ情報が手に入るだろう。

残念ながら、迷宮内のどこで暗殺されるかまでは書いていないが……そのあたりは、迷宮に入ってから考えることにしよう。

俺を殺す気があるのならば、なんとかして俺を罠のある方へ誘導しようとしてくれるだろうしな。

そう考えつつ俺は、迷宮の方へ向かった。

◇

「おお、マーゼン先生じゃないか。どこに行くんだ？」


迷宮への道を歩いていると、レイルズがそう話しかけてきた。

ここ最近、錬金ギルドでは俺のことをマーゼン先生と呼ぶ者が多くなった。

ポーションの新製法を広めた結果、先生という認識が定着したようだ。


「ポーション作りも一段落したから、久々に迷宮にでも行こうと思ってな」


俺はそう言って、特殊空間バッグを見せる。

最近俺が迷宮に行っていなかったのは、暗殺を警戒してポーションを作っていたせいだ。

暗殺されそうになった時に、高性能なポーションがあるのとないのでは、対処のしやすさが全然変わってくるからな。


警戒しすぎないが、油断もしすぎない。

これが正しい姿勢というものだろう。

「迷宮……ってことは、ドクセンザンの甲殻《こうかく》目当てか？」

「……ドクセンザン？　いきなりどうした？」

ドクセンザンというのは、硬い殻や爪《つめ》を持ったアルマジロのような魔物のことだ。
殻や爪には強力な毒が含まれているのだが、その毒は上手《うま》く加工すると、とても便利な薬の材料になる。
特に甲殻はとにかく用途が広いため、いくらあっても足りないくらいだ。

あのドクセンザンが迷宮にいるなら、取りに行く価値はある。
しかし……なぜレイルズは今、ドクセンザンの話題を出したのだろう。
俺はそんなに、ドクセンザンを欲しそうな顔をしていただろうか。

「土の迷宮８層で、ドクセンザンを何匹か見たって噂《うわさ》があるんだが……それを聞いて来たんじゃないのか？」

「そういう訳じゃないんだが……噂は確かなのか？」

「いや、正直あてにはならないな。知り合いにも何人か取りに行った奴がいたが、成果は1匹だけだった。……ドクセンザン目当てで入った冒険者は、もう大体諦めたんじゃないか？」

なるほど。

噂が立ったせいで、あっという間に取り尽くされてしまった……という感じだろうか。

しかし、錬金術を使えば効率よく魔物を探すこともできる。

今から行ってちゃんと調べれば、1匹や2匹はいるかもしれない。

たったそれだけの量でも、ドクセンザンには取りに行く価値がある。

「情報をありがとう。まだ残っているかもしれないから、見に行くことにするよ」

「ああ。マーゼンの実力なら、8階層くらいは問題ないと思うが……気をつけてくれよ」

気をつけろ……か。

まさか、あの手紙をくれたのがレイルズだとは考えにくいが……一応、試しておくか？

「気をつけるって、暗殺にか？」

「暗殺って……随分《ずいぶん》物騒な話だな。まあ盗賊には気をつけたほうがいいかもな。ポーションの件で、マーゼンが金を持ってるってことは広まってるかもしれないし」

うん。至って普通の回答だな。

魔力反応が揺らいだり、驚いたりした雰囲気もない。

レイルズは暗殺のことを知らないと見て、まず間違いなさそうだ。

「分かった。ありがとう」

そう言って俺は、迷宮の方へと進んでいった。

第七章

EPISODE 007

しばらく後。

俺《おれ》は何事もなく『土の迷宮　第8階層』までたどり着いていた。

土の迷宮は洞窟《どうくつ》のような構造になっていて、見通しが悪い。

地面や空気もかなり乾いていて、『水の眼《みずのまなこ》』では魔物を探せなさそうだ。


「さて……探すか」


魔物の存在は、周囲に魔力の歪《ゆが》みをもたらす。

強大な魔物の場合、歪みは極《きわ》めて大きくなり、遠くからでも簡単に見つけられるようになる。

ドクセンザンの場合はそこまで大きい歪みを生まないが、ある程度近づけば気付くことはできるだろう。

問題は、どうすれば魔物に近づけるかだが……これに関してはもう、虱潰《しらみつぶ》しに探すしかないな。

人間が入りやすい場所はすでに取り尽くされているだろうから、入りにくい場所を狙《ねら》うのがコツか。

そんなことを考えつつ、俺は迷宮の中を探索し始めた。


「……む？」


探索し始めてからしばらく経《た》った頃《ころ》。

俺は迷宮の中に、怪しげな痕跡を見つけた。


大勢の人間が、重い荷物を持って歩いたような跡だ。

この階層の床は岩でできているが、明らかに周囲とは削れ方が違う。

ぼーっと見ていれば気付かないレベルの痕跡だが……魔道具などの加工で1ミクロン単位の傷にすら気付かなければいけない錬金術師にとっては、気付かないほうが難しいレベルだ。

移動の痕跡は、壁にもあった。

どうやら、なにか硬いものをぶつけたようだ。

俺はその傷に近付き、詳しく観察する。

「……普通の錬鉄か」


傷にはわずかに、鉄が付着していた。

恐らく、ぶつけたときに削れたものだろう。

付着している鉄は、武器などに使われる鋼《はがね》に比べて炭素が少なく、硬度が低い代わりに粘り強い錬鉄だ。

冒険者が使い、壁にぶつけるような装備に、錬鉄を使うようなものはない。

明らかに、不自然な痕跡だ。


これは……罠《わな》かもしれないな。

『ドクセンザンがいた』という噂《うわさ》で俺をおびき出し、何らかの手段で罠にかける……と。


「よし、引っかかってみるのがよさそうだな」

一瞬だけ考えて、俺は罠に引っかかってみることにした。

もし本気で罠にかけるつもりがあるのなら、餌もそれなりにいいものを用意しているはずだ。

わざと罠を踏んで正面から突破することによって、餌だけを獲得しつつ相手の力量も見極《みきわ》める……そういう戦略だ。


「こっちだな」


俺は地面の痕跡をたどって、罠のある方へと進み始めた。

さて……お手並み拝見といくか。

◇

それから20分ほど歩いた頃。

俺は入り組んだ道の先にある、小さな部屋の入り口へとたどり着いていた。

とはいえ、部屋の入り口は岩に似せた扉によって、完全に隠されているのだが。


「ふむ……そういう仕組みか」

部屋から少し離れた場所には、目立たないように偽装された魔力感知の魔道具がある。

目で見るのは難しくても、魔力を見れば簡単に分かるのだが。


恐らくこの隠し扉は、関係のない冒険者などが引っかかって罠が無駄にならないように設置されたものだろう。

そして、目当ての人間の魔力反応が近づいたのを検知したタイミングで扉を開けることで、俺を罠へと誘い込む訳だ。


……まあ、こういう罠は想定済みで、対策も済んでいるのだが。

当然のことながら、魔力検知の魔道具は、対象が魔力を放出していなければ反応しない。

今の俺は魔力を放出していないので、装置が反応することもない訳だ。


錬金術は繊細な魔力操作を必要とする技術だ。

魔力の放出を止めることなど、難しくもなんともない。

しかし……これはこれで、敵の力を知るいい機会だな。

「仕方ない。引っかかってやろう」


俺はそう呟《つぶや》いて、魔力を放出した。

すると——すぐに魔道具が反応して、隠し扉が開く音が聞こえた。

やはり罠がターゲットにしているのは俺ということで、間違いはなかったようだ。

などと考えつつ俺は、隠し扉のもとへと向かう。
そこで待っていたのは——天国だった。

「す、素晴らしい……！」


隠し扉の中には、30匹近いドクセンザンがいた。

俺を罠にかけるための餌として、何匹かは用意してくれていると思っていたが——まさか、ここまで多いとは。

これは素晴らしい贈り物だ。

そう考えていると……ドクセンザン達が俺の方を向いた。

「ギイイィィ！」

ドクセンザンは威嚇《いかく》の声を上げながら、俺の方へと飛びかかってくる。

このドクセンザンは薬の材料であると同時に、バクエンタケすら超える強力な毒を持った魔物でもある。

見かけの割に、動きも素早い。

30匹同時の攻撃を全《すべ》てさばくのは、至難の業《わざ》だ。

毒への耐性を持たない人間なら、あっという間に毒の爪《つめ》を受け、中毒死することだろう。

とはいえ、強力な毒耐性を持つ錬金術師にとってはボーナスステージでしかない。

「ちょっと待て、ぶつかり合わないでくれ！　甲殻《こうかく》に傷がついたらどうする！」

俺は飛びかかってくるドクセンザン同士がぶつからないように配慮しつつ、ドクセンザンを1匹ずつ仕留めていく。

ドクセンザンの甲殻は、傷がつくと大量の毒を放出することにより、外敵を中毒させる仕組みになっている。

その毒こそ俺が集めたいものなので、こんな場所で毒を放出してほしくはないのだ。

「よし、この調子だ……」

ドクセンザンの爪によって俺の体には少しずつ傷が増えていくが、気にしない。

俺の体など、ポーションがあればすぐに治る。ドクセンザンのほうが大事だ。

ひたすら丁寧に、甲殻を傷つけないように倒しては、特殊空間バッグへと収納する。

その途中で——ふいに部屋の隅から、巨大な刃物が現れた。

刃物は天井《てんじょう》から鎖によって吊《つ》るされていて、部屋全体を薙《な》ぎ払《はら》うようにできている。

恐らく、俺がドクセンザンの毒で死ななかった時に備えて、とどめを刺すために用意されていたものだろう。

部屋の中に、逃げ場はほとんどない。

俺はそれを見て——とっさに、刃物の通り道にいたドクセンザンを蹴《け》り飛ばし、巻き込まれない位置へと逃がした。

そして間一髪《かんいっぱつ》で地面に伏せることで、刃物の下をくぐり抜け——。

（動け）

錬金術によって鎖を変形させ、断ち切った。
鎖を失った巨大な刃物は、そのまま部屋の端へと転がっていく。

「ほう……ミスリルの刀身に、アダマンタイトの刃をつけたのか。これも中々いい材料だな。ありがたくもらっておこう」

どうやらこの罠は、思った以上に素材の宝庫だったようだな。
わざわざ引っかかったかいがあるというものだ。
一つだけ不満があるとすれば、何匹かのドクセンザンは、俺が来る前から甲殻に傷がついていたことだろうか。

などと考えつつ俺は、残ったドクセンザン達を全て（甲殻を傷つけないように）倒して、特殊空間バッグへとしまった。

そして部屋から出ようとして……俺は外の異変に気付いた。

「これは……どういうことだ？」

俺がここに来た時、部屋の前には魔物が全くいなかった。

だが今、部屋の外には３００匹近い魔物がいる。

問題は……その魔物の種類だ。

バレットマンティス。まるで銃弾のような勢いを持った鎌《かま》の一撃で、鎧《よろい》ごと人間を両断するだけの力を持ったカマキリの魔物。

ブレードラビット。高い硬度としなやかさを合わせ持った耳を振り回し、人間の首を一撃で切断する力を持った兎《うさぎ》の魔物。

ニードルライノ。針のように尖《とが》った角《つの》を持ち、容易に人間を串刺しにする突進を繰り出すサイの魔物。

いずれも防御力はそこまで高くないものの、高い威力の攻撃を持った魔物たちだ。

たとえ一撃でもまともに喰《く》らえば、俺も無事では済まないだろう。

それが３００匹となると、回避は容易ではない。


これこそが、俺を殺すための本命の仕掛けだったという訳だ。

そんな殺意に満ちた魔物の群れを目の前にして――俺は目を輝かせていた。


「これはまさか……わざとやったのか？」


ここにいる魔物は、確かに攻撃力の高いものばかりだ。

だが、体格に対して高い威力を出すためには、体の構造が特殊である必要がある。

そして特殊な構造の体には、特殊な物質が含まれていることが多いのだ。


目の前にいる魔物達も、例外ではない。

ドクセンザンに比べれば流石《さすが》に劣るが、いずれも良質なポーションの素材となる魔物達だ。

おまけにドクセンザンと違って、適当に倒しても素材が劣化するようなこともない。

ここは、素晴らしい素材の宝庫だ。


「さて……いい材料があるな」

俺はそう呟いて、特殊空間バッグから拾ったばかりの巨大刃物を取り出す。
自重で振り回すだけで人を殺せるように作られた武器なのだから、当然この刃物は巨大で、非常に重い。重さにして数十キロといったところか。

（動け）

俺は錬金術で刃物を変形させ、巨大な盾《たて》を組み上げた。
魔物が俺を見失わないよう、一部には小さな穴を開けているが……敵からの攻撃は通らないような盾だ。
その盾を使って、俺は部屋の入り口を塞《ふさ》ぐ。

「キシャアアアアァァァア！」

「キオオオオオオオォォ！」

盾に阻《はば》まれた魔物たちは、苛立《いらだ》ったような声を上げながら盾を攻撃する。

強力な攻撃がガンガンと盾にぶつかるが、巨大なミスリルの盾には多少へこむ程度の傷しかつかない。

「これだけの数がいると、ちまちま倒すのも面倒だな……」

俺はそう呟きながら、特殊空間バッグから2本の薬品と、1本の空き瓶《びん》を取り出した。

そして、空き瓶に薬品を2本とも注《そそ》ぎ込む。

すると……混ぜられた薬品が、ボコボコと泡を立て始めた。

薬品の入った瓶からは、泡とともに生まれた、黄色っぽい煙が放出されている。

俺はそれを確認して、泡を立て続ける薬品の入った瓶を地面に投げつけた。

瓶の割れる音とともに、黄色い煙が広がっていく。

「ギ……？」

「キオ……」

効果はすぐに現れた。

俺の周りに集まっていた魔物たちは、黄色い煙が到達するのと同時に力を失い、地面に倒れ伏していく。

あの黄色い煙は、もちろん毒ガスだ。

魔物には毒ガスの効かないものも多いのだが、ランクの割に高い攻撃力を持つ魔物は、それ以外の能力を犠牲にしている。

そのため、こういったからめ手で倒しやすいのだ。

こうしてあっという間に、魔物は全滅した。

俺は丁寧に魔物を解体しながら、特殊空間バッグへと放り込み始めた。

第八章

EPISODE 008

魔物を倒し終わってから1時間ほど経《た》った頃《ころ》。

俺《おれ》は解体作業を終えて、もと来た道を引き返し始めた。


「……結構重いな……」


俺の特殊空間バッグは、中に入れたものを30分の1近くまで圧縮する。

しかし、元々の量が300キロあれば、バッグの重量は10キロほどにもなる。

恐らく今バッグに入っている荷物の量は、300キロよりもっと多いだろう。

つまり……それだけの収穫があったということだ。

迷宮へと出発するときには、ドクセンザンが1、2匹も取れればラッキーだと思っていたのだが、予想外の幸運だった。

罠《わな》を仕掛けてくれた奴《やつ》に、感謝しなくてはならないな。

そう思いつつ、俺はもと来た道を歩いていたのだが……。

第6階層まで戻ってきたところで、知り合いと会って立ち止まった。

ターニアだ。


「逃げろって警告したのに、逃げてくれなかったんですね」

ターニアは諦《あきら》めたようにそう呟《つぶや》きながら、俺の前に立ちふさがる。

迷宮の中でたまたま会った……という雰囲気ではないな。

手紙にあった情報で予想はついていたが……やっぱりって感じだな。

「ターニア、やっぱりお前だったんだな」

「お前だったって、何がですかー？」

「こいつを俺にくれたことだ」

そう言って俺は、手紙を取り出す。

俺の身に危険が迫っていることを伝えてくれた、内通者からの手紙だ。

まあ、その内通者はターニアだったというわけだが。

「えっと……いつから気付いてましたー？」

「俺に毒が効かないって情報が、まるで最初から知ってたように書かれていたときだな」

ターニアの問いに答えつつ、罠の起動装置として仕掛けられていた魔道具をバッグから取り出す。

それを見て、ターニアは諦めたように笑みを浮かべた。

「これを仕掛けたのはターニアだな？　仕掛けられた魔道具に、ターニアの魔力が残っていた」

「あー。やっぱ全部バレてますか。無能な上司を持つと苦労しますねー。……まあ最初から、あの程度の罠でマーゼンさんを殺せるとは思ってませんでしたけど」

ターニアは隠そうともせず、そう答えた。

どうやら、実行犯が自分だと認めるようだな。

俺を殺すために派遣された暗殺者は、ターニア自身だったという訳だ。

「なぜ暗殺者なのに、俺に警告なんて送ったんだ？」

「マーゼンさんと、戦いたくなかったからですよ。『上』……闇《やみ》ギルドからの命令なので断れないんですけど、恩人を暗殺するなんて、やりたくないじゃないですか」

なるほど。

それでわざと、俺には効かないような毒を使ったという訳か。

命令が闇ギルドから来た以上、ターニアが依頼を断ったところで、別の誰《だれ》かが俺を暗殺に来たんだろう。

それを、わざわざ暗殺を警告してくれた上に、素材まで用意してくれたとなると……。

うん、ターニアを恨む理由は見当たらないな。

だが……それだけではなさそうだな。

そう思いつつターニアの目を見ると、ターニアは目線をそらした。

「あとは単純に、私が死にたくなかったってだけですね。……マーゼンさんと戦ったら、まず確実に死ぬので」

「まあ、そうなるだろうな」

たとえ不意打ちだったとしても、ターニアでは俺を殺せない。

単純に実力の差が大きすぎるからな。

最低でもミスタルトくらいの実力がなければ、不意打ちであっても話にならないだろう。

「ってことで、今からでも逃げてもらえませんか？」

「なぜ、逃げる必要があるんだ？」

「……今は私なんかが派遣されてますけど、闇ギルドにはもっとヤバい人達が一杯います。私が任務に失敗したら、今度はもっと強い人が送り込まれてきますよ」

なるほど。

まだ闇ギルドは、本気を出していないという訳か。

「しかし、俺に逃げられたらターニアは殺されるんじゃないか？　闇ギルドって奴は、暗殺対象を逃《のが》して許されるような組織なのか？」

「うーん……相手が強すぎて逃げられたって言い訳をするとして……運がよければ、一生奴隷くらいで許されるかもしれません。今とあんまり変わらないですよ」

「運が良くてそれか……」

どうやら闇ギルドは、名前の通りとてもブラックな組織のようだ。

というか、今とあんまり変わらないって……。

少しターニアに同情したくなってきた。

しかし、それとこれとは別の話だ。

殺されるつもりなどないが、迷宮都市から逃げるつもりもない。

「ターニアの境遇には同情する。しかし……逃げるわけにはいかないな」

俺には錬金術師としての誇りがある。

半人前だとはいえ……いや、半人前だからこそ、錬金術師としての誇りを捨てる訳にはいかない。

そのために必要ならば、俺はターニアとだって戦うし、錬金術の敵と戦うために必要ならば自白剤を飲ませて情報を引き出すだろう。

「それで、これからどうするんだ？」

「……『上』には、マーゼンさんが罠から生きて帰ってきたら、自分で戦ってマーゼンさんを殺すように言われてます」

そう言ってターニアは、足元に置いていた重そうなバッグを持ち上げた。

恐らく、その中には俺と戦うための装備や道具が入っているのだろう。

どうやら迷宮都市から逃げないのならば、俺はターニアと戦うことになるらしい。

暗殺を警告してくれた上、あれだけの素材を用意してくれた相手と戦うのは後味が悪いが……向こうが戦う気ならば、応戦するほかはない。


「仕方がないか……」


俺はここで死ぬ訳にはいかない。

せめてもの情けとして、死なない程度の怪我《けが》で済ませてやるか。

暗殺対象と戦い、重症を負った……ということであれば、闇ギルドによる処分も少しは軽くなるかもしれない。


そう考えつつ、俺は剣を構える。

大して高性能な剣ではないが、ターニアと戦うだけなら十分だ。

いや、武器すらなくても、恐らく勝てるだろう。

俺は戦う決意を固めて、ターニアに相対する。

それを見てターニアは――バッグを、遠くに放り投げた。

「ちょ……ちょっとタンマ！　ストップ！　戦いません！　戦いませんから！」

ターニアはそう叫びながら、両手を上に上げる。

手のひらを見せ、武器を隠し持っていないことをアピールする体勢だ。

俺を油断させるための策略だとすれば、分からないでもない。

だがターニアからは、一切《いっさい》の敵意を感じない。

武器も――錬金術で調べられる範囲では、隠し持っていないようだ。

「おい、『上』からの命令はどうした……？　命令に逆らったら、殺されるんじゃないのか？」

「もちろん殺されます。99％生き残れません。……でもマーゼンさんと戦えば、100％死ぬ自信があります」

「……1%差で、『上』のほうがマシってわけか」

別に、殺す気はなかったのだが。

そう考えつつ俺は、周囲の状況を観察する。

とりあえず、目で見える範囲に罠らしきものはない。油断させるための策略ではなさそうだ。

しかし……気になる点が一つだけある。

周囲にはターニア以外に、人間がもう一人いるような、魔力の歪《ゆが》みがあるのだ。

この人間の正体が、気になるところだな。

ターニアが俺を油断させた隙《すき》に、そいつが奇襲をかけるつもりかもしれない。

「でも、99%死ぬのは私も嫌です。……ということでマーゼンさん、一つ提案があります」

「提案……?」

「マーゼンさん、私と組みませんか? ……これでも裏社会とかそこそこ詳しいですし、情報も色々持ってます。マーゼンさんは超強いですけど、こっちの世界にはあんまり詳しくないみたいなので……私、役に立つと思うんですよね」

「ふむ……取引という訳か」

正直、悪くない提案だ。

俺は今の世界に詳しくない。というか、若返る前も研究室に引きこもっていたので、昔の世界にすら詳しくない。

今の社会や迷宮都市について詳しく知っているターニアが味方についてくれるのならば、だいぶ動きやすくなるだろう。

支部統括《とうかつ》ライザルへの対処も、ターニアがついていたら、もうちょっと楽にいったかもしれない。

暗殺対策も、暗殺する側にいた者からの情報があれば、だいぶやりやすくなるだろうし。

しかし……信用できるかが問題だな。

などと考え込んでいるのを見て、どうやらターニアは反応がよくないと思ったようで――

次の手に出た。

「それに私……けっこう可愛《かわい》くないですか？　私、何でもしますよ？」

ターニアはあざといポーズを取りながら、上目遣《うわめづか》いで俺に尋ねる。

うん。確かに客観的に見て、ターニアは可愛い。

しかし、１００歳近くも年下に手を出す趣味は、俺にはないな……。

それは置いておいても、ターニアが持っている情報は魅力的だ。

元々闇ギルドにいたのならば、俺がほしい情報を集めるのにも役立つかもしれない。

そして今の状況なら、裏切り者となったターニアを仲間にしたところで、俺にデメリットはない。

ターニアがいようがいまいが、俺は命を狙《ねら》われる身なのだから。

問題は……ターニアが信用できるかどうか、という点に尽きるか。

「組む前に、一つ聞きたい。……今回の暗殺の黒幕は誰だ？」

「黒幕っていうと……暗殺命令の出どころのことですか？」

「ああ。その回答次第では――」

「そこまでだ」

俺の言葉は、物陰から飛んできた声に遮《さえぎ》られた。
近くに潜んでいた男が、ようやく現れたのだ。

出てきた男は、体つきがどこかおかしかった。
薬で――それも、あまり質のよくない薬で無理に強化したような不自然さだ。
目にも何らかの薬を使っているらしく、瞳孔《どうこう》は開きっぱなしになっている。

「あー……ザシズ先輩、見張ってたんですね」

男を見て、ターニアがそう呟く。

どうやら……知り合いのようだな。

「お前の動きが怪しいという報告は、『上』から受けていたからな。敵を油断させる策略かと思い、様子を見ていたが――貴様、本当に裏切る気だな？」

「さっきの話、聞いてました？」

「もちろん聞いていた。闇ギルドに逆らえば、99％殺される……か。勘違いも甚だしいな」

ザシズと呼ばれた男はそう言って、両手に1本ずつ、細長い短剣を構える。

毒――恐らくバクエンタケをもとに作ったものが塗られている。

あれでかすり傷でも受ければ、耐性のないターニアは助からないだろう。

「100％だ。100％殺す。今ここで殺す」

そう言ってザシズが、短剣を構えたままターニアに向かって踏み込む。

――速い。そして上手《うま》い。

人体の構造を理解し、2本の剣を使うことで、対処しきれない軌道を狙った踏み込みだ。

細長く、魔物相手に使うには強度不足の剣。

当てさえすれば人間を殺すことができる毒。

そのメリットを最大限に活《い》かす、戦闘スタイル。

まさに人を殺すための——人を殺すためだけの剣術だ。

ターニアでは、まず対処は不可能だろう。

だがその剣は——ターニアには届かなかった。

俺が『燃血《ねんけつ》』で高速移動して、ターニアの目の前に割り込んだのだ。

「……どうやら、強いという噂《うわさ》は間違っていなかったようだな。ここまでの速さで動ける人間など、そうはいないぞ?」

急に目の前に現れた俺に、ザシズはそう告げる。

あまり驚いた様子はない。どうやら闇ギルドも『燃血』のことは知っていたようだな。

「褒めてもらえて光栄だね。しかし……俺を殺す気なら、正面から出てきたりしないで奇襲をかけたほうがよかったんじゃないか？」

暗殺を狙いたいなら、自ら姿を現すなど愚の骨頂。

俺がターニアに気を取られている隙に、背後から襲撃でも仕掛けるべきだったのだ。

もちろん、その場合への対策も俺は準備していたが。

そう考えていると、ザシズがニヤリと笑う。

「いや、これで正解だ。女をかばって自分が死ぬとは……愚かなことだな」

ドン！　という音とともに——俺は腹のあたりに鈍い衝撃を感じた。

衝撃のあった場所を見ると、ザシズの剣が突き立っている。

ザシズの体勢は、俺に奇襲を仕掛けられるようなものではなかったはずだ。

どうザシズが動こうとも、俺の体に剣は届かない……そのはずだった。

にもかかわらず、なぜ剣が届いたかというと――剣が伸びたのだ。

ザシズの剣は内側にバネのようなものが仕込まれていて、ボタンひとつで伸びるようになっていた。

いかにも暗殺者らしい、人間の盲点をついた仕掛けだな。


だが、それだけだった。

「悪くない仕掛けだな。……刺さってないみたいだが」


俺はそう言って、短剣の突き立った場所を指す。

確かにザシズの剣は、俺の腹に当たった。角度からしても、俺が着ているのが普通の服だったら、間違いなく剣は刺さっただろう。

だが俺の服は、錬金術によって自作したものだ。そこらの鉄鎧《てつよろい》より、よほど強度が高い。

もちろん、『一撃当てれば勝ち』などという設計思想で作られた、細くて弱い剣で貫けるはずもない。

俺の服には傷一つつかず、逆にザシズの剣は折れ曲がっていた。

「……一体、何が起きた」

傷一つない俺を見て、ザシズが困惑したような声を出す。

そんなザシズに、俺は尋ねる。

「どうした？　そんな剣なんかで、錬金術師が作った服を貫けると思ったのか？」

「防御魔法か何かか……？　要は服がない場所を狙えばいいって訳だな」

ザシズはそう言って曲がった剣を捨て、構えを変えた。

失敗したときの切り替えが早い。なかなか優秀な暗殺者なのかもしれないな。

しかし……。

「奇襲なのにたった一人なんて、ちょっとナメすぎじゃないか？　せっかく準備する時間があったんだから、もっと数を揃《そろ》えればいいものを」

「思い上がるなよ。……お前ごとき、俺一人で十分だ」

俺の言葉に、ザシズはそう吐き捨てた。
最初の攻撃に失敗し、剣の仕掛けがバレた今も、動揺している様子はない。
どうやら、まだ何か策があるようだな。

「来いよ。錬金術師の戦い方を見せてやる」

「言われなくても、殺すっつの！」

そう言ってザシズは、突きの構えで俺へと突進する。
何の変哲もない、ただの突きだ。
俺は『燃血』で速度を上げた右腕で、その突きをあっさりと押さえつけた。
錬金術師は当然、人間の体についてもよく知っておく必要がある。
その知識は、戦闘にも応用が可能だ。

今の状況では、ザシズの剣は決して俺に届かない。

たとえ剣を伸ばしても、無理なものは無理だ。

人間の関節は、そう曲がるようにはできていない。


そのはずだったのだが……。


ザシズの体から、ゴキリ……という嫌な音が聞こえた。

見るとザシズの腕が、ありえない方向に曲がっている。

——ザシズは薬で強化した筋肉で自分の骨を破壊することによって、無理やり剣を俺の方へと向けたのだ。


そして、剣が届いた。

俺の腕が浅く切られ、血が流れる。

「ほら、俺一人で十分だって言っただろ?」

「毒が効かないって話、『上』から聞いてなかったのか？」

「そりゃバクエンタケとかから作った、普通の毒の話だろ？　……この短剣に塗ってあるのはバクエンタケの毒——と見せかけて、『死《し》の秘薬《ひやく》』が混ぜてある。お前も名前くらいは知ってるだろ？　食らって生き残ったやつはいない、世界最強の毒だぜ？」

「……そうか。じゃあ、俺が一人目の生き残りだな」

俺はそう言って……ザシズの腕を押さえつけたまま、その手に握られた剣の刃を掴《つか》む。

刃が突き刺さり、血が流れるが——錬金術師に流血はつきものだ。気にする価値もない。

「この毒がそんなに強力なものだとは、俺には思えないんだが……試してみるか」

俺はそう呟きながら、錬金術を発動する。

（動け）

最も基本的な、物の形を変える錬金術。
それを受けた短剣は、徐々に曲がり――剣を握ったザシズの手へと、少しずつ近づいていく。

「……は？」

ザシズは呆《ほう》けたような声を出しながら、視線を剣に向ける。
その表情は、ザシズの困惑の度合いを物語っていた。

「剣……剣は細いって言ってもミスリルだぞ！　何でそんなに簡単に曲がる⁉　……っていうかお前、何で死なない⁉」

「錬金術師だからな。毒なんて効かないさ」

そう言っている間にも、剣先はどんどんザシズの手へと近づいていく。
ザシズの表情が、次第に怯《おび》えへと変わっていく。

「さ、さっさと死ね！　毒は入ってるんだろ⁉　死ねよ！　やめろ！　……それ以上、剣を曲げるな、いや、やめてください！　助け――」

ザシズの言葉は、いつの間にか命乞《ご》いへと変わっていた。
だが、情けをかける理由など俺にはない。
ターニアと違ってこいつは、最初から本気で俺を殺しに来た。
俺が無防備に背中を晒《さら》しているのに、攻撃すら仕掛けようとしないターニアを、少しくらい見習ってほしいものだ。

「分かった、助けてやろう」

「ほ……本当か⁉」

剣が届くまであと5ミリというところで俺が告げた言葉を聞いて、ザシズがそう叫んだ。
そんなザシズに、俺は告げる。

「もちろん嘘《うそ》だ」

俺はそう言って、剣を一気に曲げた。

刃先がザシズの腕に刺さり、傷口から血が出る。

効果は、すぐに現れた。


ザシズの顔色が見る間に紫色に変わり、体は痙攣《けいれん》し始める。

剣が刺さった場所は、どす黒く変色していく。


「なるほど。錬金術師相手でなければ、結構効く毒みたいだな」


ザシズが息絶えるまでは、３秒もかからなかった。

最強の毒などと呼ばれるだけあって、即効性は中々のものだ。

などと考えつつ俺は持っていたポーションで傷を治してから、ターニアの方を振り向く。


「さて……邪魔者はいなくなったな」

さっきまでの戦闘で俺は、ターニアの方を全く警戒していなかった。

俺を殺せる隙はいくらでもあったはずだ。

それでも何もしてこなかったということは……本当に戦う気はないと見ていいのだろう。

「はい。マーゼンさんなら勝てると思ってましたけど……あそこまで圧倒的だとは思いませんでした。『死の秘薬』すら効かないって……どんな体をしてるんですか？」

「錬金術師ってのは、そういうものなんだ。……俺のことは置いておいて、さっきの話の続きをしよう」

「暗殺命令の出どころの話ですか？」

「ああ。……知らされていないか？」

犯罪組織というものは、情報統制が厳しいイメージがある。

末端の実行犯は、自分が参加する作戦が誰からの命令か知らない……ということもあるだろう。

だが……。

「依頼主が誰かは知ってますけど……それを言うと私、殺されちゃうんですよねー」

どうやらターニアは、依頼主のことを知っているようだな。

これは是非とも、話してもらわなければ。

「黒幕潰《つぶ》しに協力してくれるなら、チームを組んでもいいぞ」

「暗殺者とか、一杯送り込まれると思いますけど……それでもですか？」

「ターニアと組まなくても、暗殺者なら送り込まれたからな。最初の暗殺者は、俺を真面目《まじめ》に殺す気がなかったみたいだが……相手が本気だったとしても、結果は変わらない」

そう言って俺は、ザシズの死体に目をやる。

闇ギルドとやらの暗殺者がどの程度の実力かは分からないが、あの程度の毒を切り札だと思っているような連中なら、１００年かかっても俺を殺すことなどできないだろう。

ターニアもザシズの死体を見て……それから、俺の目を見て告げた。

「……依頼主は、ライザル＝ギスタールです」

「あいつか」

確かにあいつにとって、俺は目の上のたんこぶだろう。

殺したいという気持ちは、分からないでもない。

しかし……ライザルはクズだが、恐らく保身にだけは長《た》けた人間だ。

そんな人間が、足の付く可能性がある暗殺を簡単に選ぶとは思えない。

となると――。

「ライザル＝ギスタールは、かなり追い詰められてるみたいだな」

「でしょうね。闇ギルドへの報酬も、破格の高額だったと聞いています」

「なるほど。闇ギルドは、金目当てで依頼を受けた……と」

どうやら闇ギルド自体が、俺に敵対したというわけではなかったようだ。

最悪のパターンは避けられたな。裏組織が丸々一つ敵に回ると、流石《さすが》に潰すのは骨が折れる。

その点、ライザルを潰せばいいというのなら話は早い。

正面から殺す……というのも一つの手だが、今後の錬金術師の扱いのことを考えると、もっといい手があるな。

ライザルが追い詰められているのは、恐らく第二支部との競争のせいだ。

となれば、俺が第二支部に協力してさらなる成果を上げさせれば、放っておいてもライザルは転落するだろう。

やや遠回りなやり方に思えるかもしれないが……恐らく、これが一番いい。

『錬金術師の力によって』支部統括が失脚したとなったら、錬金術師の力を知らしめることになるだろうしな。

これがバレないように暗殺する形になると、せっかく錬金術の力をアピールするチャンスを失うことになる。

まあ、失脚する前にライザルが暴走して、さらに『危険な手』に出てくる可能性もあるが……それはそれで、好都合といったところだ。

「……面白《おもしろ》くなってきたな」

「暗殺者に狙われて面白そうって……マーゼンさん、初めて見たときには、こんなヤバい人だと思ってませんでしたよー……」

「まあ、それなりの備えはしているからな。簡単に暗殺されるつもりはない」

俺には錬金術による毒耐性と、用意した大量のポーションがある。

そして、元々闇ギルドにいたターニアという、『暗殺する側』の情報源もあるのだ。

こんな簡単な状況で暗殺されるようなら、そいつは錬金術師失格だろう。

「というわけで、一時的なパーティーだが……よろしく頼む」

俺はそう言いながら、ターニアに手を差し出した。

「一時的な……？　どういうことですか？」

「ライザルと――場合によっては闇ギルド。この二つをぶっ潰せば、もう俺もターニアも暗殺者に狙われることはなくなるからな。そうなったら、組む必要もなくなる。まあ、そんなに時間はかからないはずだ」

「……なぜでしょう……すごく荒唐無稽《こうとうむけい》なことを言われているはずなのに……マーゼンさんが言ってると、本当にやっちゃいそうに聞こえるんですよねー……」

ターニアは呆《あき》れたように呟きながら、俺が差し出した手を握った。

パーティー成立だ。

第九章

EPISODE 009

それから数時間後。

宿へと戻った俺達《おれ》は、今後について相談していた。

暗殺対策のために、これから俺たちは同じ部屋に泊まることになる。

「とりあえず、帰り道での襲撃はなかったな」

「多分、ザシズ先輩が失敗するのを想定していなかったんだと思います」

「なるほど。もっと強い暗殺者を用意するのに時間がかかってるって訳か」

あの程度で殺せると思われていたとは……随分《ずいぶん》と舐《な》められたものだな。

支部統括《とうかつ》だけでなく、闇《やみ》ギルドにも色々と『分からせて』おくべきかもしれない。

「はい。それに……依頼主との交渉も必要ですね。あれ以上強い人を派遣するとなると、追加の予算も必要ですから」

「……失敗しておいて、追加報酬を要求するのか？」

「相手が強ければ強いほど、暗殺の予算って上がっていくんですよ。……今回の場合は最初に多額の報酬をもらってるので、そこまでの追加報酬はないかもしれないですけど」

なるほど。

どうやら闇ギルドも、世知辛《せちがら》いようだな。

予算の増額を要求されたライザルが苦しむなら、俺としてはどんどん報酬を取ってほしいところだ。

まあ、いくら予算を増やそうが、暗殺されてやるつもりなど全くないのだが。

「暗殺が来ない理由は分かった。まあ来たら来たで適当に返《かえ》り討《う》ちにするとして……問題はライザルを効率的に追い詰める方法だな」

「帰り道で、第二支部を支援するって言ってましたけど……どうするつもりですか？」

「確か、迷宮で魔物を倒せばそれが実績になるんだよな？　俺が倒した魔物を第二支部に持ち込んだら、第二支部の手柄になったりしないか？」

「うーん……錬金ギルド所属だと、ちょっと難しいと思います。第二支部も、そこまで錬金ギルドと仲いい訳じゃないですし」

なるほど。

確かに……第一支部が錬金術師に対して過剰に敵対的だというだけで、第二支部も別に仲良しって訳じゃなさそうだしな。

第二支部にも、錬金術師を嫌う者はいっぱいいるみたいだし。

「……私の名前で持ち込みますか？」

「ターニアって、第二支部所属なのか？」

「一応、表では第二支部ってことになってます。ほとんど活動してないので、ランクはFですけど」


ランクか。

俺は確か、登録したときのGランクのままだったはずだな。

ランクを上げるには冒険系の依頼をこなす必要があるという話だが、俺が受けた依頼は調合や警護といった、冒険以外の依頼ばっかりだったし。


「Fか……俺よりは1個上だな」

「嘘《うそ》⁉　マーゼンさんがGランクって、絶対おかしいですよー⁉」

「まあ、ランクを上げるようなことはしていなかったしな」


ともかく……ターニアの手を借りれば、俺が倒した魔物を第二支部の手柄にすることができる訳だ。

それだけだと『錬金術師の力で第二支部が勝った』ということにならないが……倒した魔物を持ち込んだのを見たら、冒険者達が勝手に噂《うわさ》を広めてくれるだろうからな。

特に——例の竜の件で俺に命を救われた者達はことあるごとに俺の武勇伝を広めて回っているらしい。

勝手に噂を広められるのは不本意だが、今回に限っては都合がいいというものだ。

◇

翌朝。

俺は暗殺者に襲撃されることもなく、無事に目を覚ましていた。

「暗殺はまだないみたいだな。……ライザルの資金が尽きたか?」

「……ライザルはかなりの資金力を持っているので、すぐには尽きないと思います。裏から資金援助を受けている噂もありますねー。……ただ単に、対応が追いついていないだけだと思います。ザシズ先輩が失敗したのは、闇ギルドにとっても予想外だったはずなのでー」

確かに、追加の暗殺者を用意するには時間がかかるって話だったな。

正直なところ、今まで俺を殺しに来た程度の暗殺者なら、何人来ようが関係はないのだが……準備に時間がかかるということは、それだけ強い暗殺者を用意するということなのだろう。

できれば、その前に勝負を決めたいところだな。

「次の暗殺までには、どのくらいかかりそうだ？」

「多分、３日はかからないと思いますねー。早ければ明日あたりです」

「どんな暗殺者が来そうかの予想はつくか？」

「うーん……暗殺者の素性《すじょう》は闇ギルドにとっても機密事項なので、私達も全体像は全然分からないんですよねー……。私が知ってる暗殺者の中だと、一番強いのは『隻腕《せきわん》のアンゲル』ですけど……実力はザシズ先輩とそんなに変わらないと思います」

「つまり、それ以上のランクの奴《やつ》が派遣されるって訳か」

「闇ギルドがよほどマーゼンさんを舐めてなければ、そうなりますねー」

どうやら次に来る暗殺者は、ターニアが知らない奴の可能性が高いようだ。

となると……できれば、それまでにカタをつけたいところだな。

暗殺対策はしっかり施《ほどこ》しているとはいっても、万が一ということはあるし。

『ライザル支部統括を殺す』以外の方法で短期決戦を狙《ねら》うとしたら……とにかく大量の魔物討伐《とうばつ》実績を積み上げるのが一番手っ取り早いか。

問題は、それを実行する場所だな。

「ターニア、迷宮の中に『人がいない階層』ってあるか？」

「人がいない階層ですかー？　……深い階層は、大体無人だと思いますけど……」

なるほど。

深い階層ほど魔物も強くなり、実績としての価値も上がる……と考えると、深い階層がガラガラなのはありがたいな。

「何階層あたりから、深い階層になる？」

「一般的には、20階層から上級冒険者っていう扱いになりますねー。そこから先は魔物も急激に強くなっていくので、実績としても価値が高いです」

20階層から上級冒険者か。

となると、20階層くらいならまだ人がいるんだな。

人がいないとなると、あと10階層くらい足して……。

「30階層とかなら、もう全然人がいないってことでいいのか？」

「いないと思いますねー。街道付近は魔物がほとんどいないので、入れなくもないですけど……まあ、よっぽどの死にたがりかバカじゃないと入ったりしないですよー」

よし。目的の階層は30階層で決まりだな。

どのくらい強い魔物が出るのか分からないのは少し問題だが……今回は、俺の切り札ともいえる術式を使うつもりだ。

『アレ』を使うのであれば、多少強い魔物がいようが、大した影響はない。

正直なところ、あまり使いたい術式ではないのだが……人がいない場所であれば、問題はないだろう。

ターニアを巻き添えで殺してしまわないよう、気をつける必要はあるが。

「分かった。じゃあ、今のうちに実績を稼ぐとするか」

「実績を稼ぐって……迷宮ですかー？」

「ああ。……ターニアは火の迷宮が得意なんだったか？」

確か、今の人間には属性というものがあり、その属性と同じ属性の迷宮に潜るのが一般的……という話だった。

俺には属性がないのであまり実感がないのだが、ターニアを連れて行くのなら火の迷宮がいいだろう。

ターニアにも、任せたい役目があるしな。

「得意っていうか……深い階層に潜るなら、火以外は無理ですねー。迷宮って深く潜れば潜るほど、属性への適性が必要になっていくんですよー」

「分かった。じゃあ、火の迷宮にしよう」

「分かりましたー。……でも、20階層とかに潜るなら私は役に立たないですよー？　ミスタルトさんとか連れてこられるなら、そのほうがいいかもしれませんねー」

ミスタルトか。

確かにミスタルトも第二支部に移籍したはずなので、実績稼ぎの相方として使えなくもないが……。

正直、今回は戦力とかあんまり関係ないんだよな。

むしろ中途半端《ちゅうとはんぱ》に戦えるより、最初から戦闘は無理だと割り切ってくれていたほうがいい。

『アレ』を使うのなら、戦闘は俺一人で十分だし。

「いや、今回はターニアと行くことにしよう。問題はないか?」

「マーゼンさんがそう決めるなら、私は当然ついていきますよー? パーティーのリーダーは
マーゼンさんですしね」

「分かった。じゃあ決まりだな」

◇

それから、数時間後。

俺たちは迷宮の中を、ひたすら下へ下へと歩いていた。

「だいぶ気温が上がってきたな……」

周囲の状況を確認しながら、俺はそう呟《つぶや》いた。

錬金術のおかげで暑さは感じないが、それでも気温が高いということは分かる。

20階層から先は、1層降りるごとに気温がぐんぐん上がってきたのだ。

今いる階層は……俺の数え方が正しければ、29層。

目的の30階層まで、あと1層だ。

「マーゼンさん、何で大丈夫なんですか……？　火属性の私でも暑いんですけどー……」

「錬金術師だからな」

「……錬金術師って、便利な言葉ですねー。そんな使い方する人、初めて見ましたけど」

そんな会話を交わしつつ、俺は特殊空間バッグから1本のポーションを取り出した。

俺がそのポーションを手渡すと、ターニアが首を傾《かし》げる。

「これ……なんですか？」

「暑さを軽減するポーションだ。飲んでおくといい」

「の、飲むだけで暑さを軽減⁉　……つまり、このポーションがあれば、火属性以外の人でも『火の迷宮』で戦えるようになるってことですかー⁉　……これ、ヤバい薬なんじゃ……」

そう言ってターニアは、恐る恐るポーションを受け取って……。

手に持った特殊空間バッグに、大事にしまいこんでしまった。

暑いと言っていたから、渡したはずなのだが。

「飲まないのか？」

「でも、貴重な薬なんじゃないですかー？　効果を聞く限り、凄《すご》い値段がつきそうですよ、これ」

「作るのも簡単な薬だ。気にせず飲んでくれ。この階層で任せないといけない役目があるから、万全な体調でいてもらわなければ困るんだ」

俺の言葉を聞いて、ターニアは一瞬ぽかんとした後、ポーションの蓋《ふた》をあけた。

どうやら、分かってくれたようだ。

「……じゃあ、遠慮なく」

そう言って薬を飲み干した後で、ターニアは周囲を見回した。

それから首を傾げ、俺に尋ねた。

「なんか、私が知ってる『火の迷宮』とだいぶ景色が違うんですけど……ここって何層なんですかー？」

「数えてないのか？」

「数えてます。でもきっと数え間違えてますねー。暑さで朦朧《もうろう》として……」

暑さで朦朧？

そこまでヤバそうな様子には見えなかったのだが、実は結構熱にやられていたのだろうか。

もちろん俺は暑さにやられてはいないので、ちゃんと階層の数は数えている。

「俺の数え方が間違ってなければ、29階層だ」

「……多分、間違えてると思いますねー。そんなに深い訳ないですよー。うん。そんなはずないです」

俺の言葉を聞いて、ターニアは一瞬ビクッとした後……自分に言い聞かせるようにしてそう呟いた。

階段を降りた回数は覚えていたはずなのだが、迷宮に慣れたターニアがそう言うということは、もしかしたら迷宮の階層は『階段を降りれば数字が1つ増える』というような、単純なものではないのかもしれない。

「次の階層が目的地のつもりだったんだが……まだ29階層じゃないってことは、もうちょっと深く進んだほうがいいのか？」

「いやー……この階層でも十分魔物は強いと思いますし、このあたりでいいんじゃないです

か ー？　……っていうか、引き返したほうがいい気がしますけど」

「そうか。じゃあ、次の階層で戦うことにしよう」

そう言って俺は、周囲の属性の様子を探る。

確かに20階層を過ぎると、階段を1つ降りるごとに周囲の魔力濃度が一気に上がっていく感覚があった。

魔物による魔力の歪《ゆが》みも、浅い階層とは比べ物にならない。

つまり、それだけ強い魔物がいるということだ。

しかし、この感覚だと――『アレ』を使った状態の俺にとっては、問題のない相手だろう。

あまり敵が弱すぎると、今度は原型をとどめた状態を残すのに苦労するので、多少は強いくらいのほうがちょうどいいのだ。

原型をとどめた素材をギルドに持ち込まなければ、実績としてのカウントはできないだろうし。

だが、通り道で魔物に会うのは避けたいところだ。

『アレ』は一度発動すると止めようがないので、道中《みちなか》で発動することはできない。

そのため、もし道中で敵に遭遇した場合には、普通の方法で討伐するか、逃げるかしなければならないし。


そういう意味では、ここまで魔物に遭わなかったのは幸運だった。

この幸運が続いているうちに、勝負をつけたいところだ。

などと考えつつ、道を進んでいると……ターニアが、困惑の声を上げた。

「あれ……？　私の見間違えじゃなければ、あそこに分岐があるんですけどー……？」

このあたりの階層に関しては、もうターニアもルートを把握していない。

そのため俺たちは、街道に頼って道なりに進んできたのだが……。

「分岐があるのって、おかしいのか？」

「おかしいですよー？　……だって、19階層の分岐を南に来たはずですよね？　そうすると次の分岐は、29階層にしかないはずなんですけどー……おかしいな……？」

「ああ。合ってるじゃないか。だから次で目標の30階層だ」

どうやらターニアは、迷宮の分岐がどこにあるかくらいは把握していたようだ。

それすら知らなかった俺に比べれば、だいぶ知識がある。やはり案内役は必要だな。

俺の階層の数え方も合っていたようだが、『合っているという確認』も、やはり大切だ。

まあ階層に関しては、1個くらいずれていても問題があるわけではないのだが。

大事なのは周囲にいる魔物の強さであって、階層の数字ではないのだし。

「目標階層って、30階層だったんですか⁉」

「ああ。30階層なら人がいないって話だっただろ？」

「た、たしかにそうですけど……まさかあれ、30階層まで行くって意味だったんですか？

てっきり、その前でも人のいない階層があれば止まるものだとばかり……」

ターニアの顔が、だんだんと青くなっていく。

そういえば30階層のことは聞いたが、30階層に行くとは言っていなかったな。

「こ、ここは人間がいていい世界じゃないですってー……」


人間がいていい世界ではない、か。

それにしては、この階層はまだぬるい気がする。

ここが本当の『人間がいてはいけない世界』ならば、ターニアはとっくに死んでいる。

そして……次の階層は、本当の『人間がいてはいけない世界』だ。

今はまだ『人間がいてもいい世界』だが、俺が『例の術式』を起動すれば、そうではなくなる。

だからこそ、俺は絶対に人がいない階層を選んだのだ。

などと話しつつ歩いていると、階段が見えてきた。

これを降りれば、目的の30階層だ。

「いよいよ30階層か」

「30階層……なんていうか、すっごく入りたくないんですけど。迷宮の20階層台だって十分ヤバいですけど、30階層超えは格が違うって話ですよー……?」

「安心してくれ。入らなくていいぞ」

「え、いいんですか?」

ターニアを連れてきた理由は、別の任務のためだ。
その任務は、この階層でやることになる。

「ターニアに頼むのは、人払いだ。今からは30階層に、無関係な人間を通さないようにしてくれ」

「それって……もし闇ギルドの暗殺者が来たら、殺せってことですか?」

「いや、暗殺者なら放っておいて、適当な場所に隠れておいてくれ。冒険者相手でも戦わず、口頭で警告してくれ。……第一、戦ったところで勝てないだろう？」

闇ギルドは前回、ターニアより強い暗殺者……確かザシズとかいう奴を送り込んで、俺の暗殺に失敗している。

となれば、次に送られてくる奴はもっと強いはずだ。ターニアが勝てる相手ではない。

ターニアの予測が正しければ、そもそも暗殺者はまだ来ないはずなのだが。

相手が冒険者でも、結果は同じことだ。

ターニアの実力では恐らく、20階層の魔物にすら勝てない。

30階層に来るような冒険者を相手に戦いを挑んだりすれば、恐らく返り討ちになる。

いずれにしろ、俺は暗殺者や冒険者とターニアを戦わせるつもりはない。

無関係な冒険者を巻き込むのは気が引けるが、警告を聞かない馬鹿《ばか》まで助けてやる義理はないからな。

「暗殺者を素通りさせるってことですか？　それじゃ、人払いの意味が……」

「今回の人払いは、あくまで無関係な人間を巻き込まないためだ。俺の心配はしなくていい」

「心配はいらないって……30階層ですよ？　魔物と戦ってる最中に、暗殺者にまで襲われたら――」

「問題はない。そもそも暗殺者が俺の元にたどり着けるかさえ疑問だが――たどり着いたところで何も変わらないからな」

そう言って俺は、30階層への階段を降り始めた。

1段降りるごとに、周囲の魔力濃度が目に見えて上がっていくのを感じる。

火の迷宮というだけあって、周囲の気温もかなり高いようだ。

ポーションも錬金術もない人間なら……たとえ魔物と遭遇しなくても、1時間と経《た》たずに死に至ることだろう。

どうやら30階層で難易度が跳ね上がるというのは、本当のようだな。

「俺が戻ってくるまでに死なないよう、気をつけてくれ。警告を聞かない奴は、無理に止める必要はない」

「わ……分かりました。マーゼンさん……気をつけてくださいね」

俺たちはそう会話を交わして、別々の階層に分かれた。

ここからは、俺一人でやることになる。

◇

「さて、最終確認といくか」

それから数分後。

俺は30階層の入り口付近で、体の調子を確認し始めた。

とはいっても、単純な魔力や筋力の確認ではない。

全身にある骨や筋肉の1本1本に魔力を流し、その状態を調べるのだ。

通常の戦闘では、事前にこんな確認をする必要はない。

戦闘で使うような筋肉や魔力の状態は、面倒な作業などせずとも感覚で分かる。

にもかかわらず面倒な確認を行うのは……この『自分の体』が、今回の術式の素材だからだ。


「相変わらず、扱いやすくて助かるな」


錬金術師にとって最も扱いやすい素材とは何か。

１００人の錬金術師にそう聞けば、恐らく１００人が『自分の体』だと答えることだろう。

なにしろ自分の体は、特別な術式など使わなくても、全《すべ》てが自分の制御下にあるのだ。

通常の素材なら、魔力を使ったり、場合によっては自分の血を流し込んだりして制御しなければならないのに、自分の体ならそれが必要ない。

無理やり制御したものと、自然に制御できるものでは、当然ながら出力も精度も柔軟性も全く変わってくる。


その上、人体は極《きわ》めて効率のいい魔力機関でもある。

人間の魔力回路と同じ性能を魔道具で出そうとしたら、想像を絶するような大きさになって

しまうことだろう。

『燃血《ねんけつ》』があれだけ簡単に高出力を出せるのも、これらの要因のおかげだと言ってもいい。

──自分自身の体こそ、最高にして最強の錬金素材である。

にもかかわらず、若返ってから今まで俺が血液以外──骨や筋肉、皮膚などを錬金の素材にしなかったのはなぜか。


もちろん、倫理的な理由などではない。

他人ならともかく、自分の体を好きなようにいじって何が悪いというのか。

俺が今まで、自分の体のほとんどを錬金術の対象にしなかった理由。

それは──俺の体がすでに、これ以上手の加えようがないほど改造されていたからだ。

俺の体に施された改造は、外から一見して分かるようなものではない。

気軽に発動して、体力の強化に使ったりできるようなものでもない。

俺が自分の体に施した改造は、全て『たった一つの術式』を発動するために使われている。

今から使うのが、まさにその術式だ。

「さて……準備はこんなものか」

体の調子に問題はない。

俺はそれを確認し、体内の魔力を活性化《かっせい》させた。

全身に魔力が巡るのを感じながら、俺はゆっくりと目を閉じた。

そして、唱える。

自らの体を使って構築した、最強の錬金術の名前を。

「『最終自己錬金《さいしゅうじこれんきん》・偽神化《ぎしんか》』――起動」

暗殺者ターニアの回想

マーゼンさんの暗殺。

私がその依頼を受けることになったのは、マーゼンさんに助けられたしばらく後のことだった。

「ターニア、次の依頼だ」

依頼書に書かれた名前を見て、私は驚いた。

暗殺対象として、マーゼンさんの名前が書かれていたからだ。

だが、それを表情には出さない。

もし知り合いだと気付かれてしまえば、この後の行動が取りづらくなる。

「分かりました」

正直なところ、まったく参加したい依頼ではない。

相手は命の恩人だし、そもそも強すぎる。私のような低ランクの暗殺者に振るべき依頼ではないはずだ。

そして……万が一成功したら成功したで、それも嫌だ。私はマーゼンさんを殺したくない。

だが、それを言ったところで依頼から外してもらえるほど、闇《やみ》ギルドは甘くない。

もしマーゼンさんが知り合いだと分かれば、闇ギルドはむしろ積極的にターニアを暗殺要員として起用するだろう。

知り合いのほうが警戒心をときやすいし、その彼を殺せるかどうか確かめることは、闇ギルドへの忠誠を確かめることにもつながるというわけだ。

ひどい外道《げどう》だとは思うが、それが闇ギルドのやり方だ。

そして私は、そのやり方に逆らえない。

もし闇ギルドに拾われていなかったら、私はとっくに死んでいたのだから。

「最初の役目はバックアップと情報収集だ。頼んだぞ」

「はい」

いい役目をもらった。

この情報収集役というのは、暗殺対象が無防備になる時間を探り、成功確率の高いタイミングを推測する仕事だ。

つまり寝首をかく方法を探しているふりをして、ギルドに怪しまれずに本人の宿に近付くことができる。

実行犯は毒殺を得意とするリルア――人選からして間違いなく、最初の暗殺方法は毒殺のはずだ。

マーゼンさんが言っていたことが正しければ、毒は効かないはずだけど……闇ギルドが使う毒はとても強力だ。いくらマーゼンさんでも無事では済まないかもしれない。

ここまで考えて私は、マーゼンさんに手紙を書くことに決めた。

そして、迷宮都市から逃げるように促すのだ。

闇ギルドは一度殺すと決めたら、絶対に対象を殺す組織だ。

例外は、管轄外の——迷宮都市から出た場合だけ。

その場合には、私も別に責任は問われないだろう。過去に何度か依頼対象が迷宮都市を出てしまったことがあったが、それによって実行犯が処分されたことはなかったはずだ。

そしてマーゼンさんが生き残る方法も、それ以外にない……と思う。

マーゼンさんがいくら強くても、闇ギルドは暗殺のプロ集団だ。

もし私達が返り討ち《かえうち》にあったとしても……もっと強い暗殺者たちが、代わりに依頼を遂行するだけだ。

逃げてもらおう。戦わずに済むのが、お互いにとって一番いい。

問題は、どう闇ギルドにバレないように手紙を届けるかだが……宿に接触できる私なら、そんなに難しくないし。

◇

「これが次の暗殺計画だ。絶対に成功させろ」

マーゼン毒殺計画が失敗した翌日。

私の元に、次の計画書が持ち込まれた。


次の暗殺方法は、迷宮での殺害だ。

私が有効な暗殺方法を見つけられなかったため、方法は闇ギルドが決めた。

マーゼンさんの弱点を報告できなかったことで闇ギルドからは『真面目《まじめ》にやっているのか』と怒られたが……下手に何かを教えて失敗するのと比べれば、ずっとマシだ。

とはいえ……結果として、ここまで危険な方法が選ばれるとは思わなかったのだが。


迷宮で対象を罠《わな》にかけるという手法自体は、さして珍しいものではない。

問題は、使う魔物の種類だ。


バレットマンティスにブレードラビット、そしてニードルライノ。

いずれも闇ギルドが調達可能な魔物の中ではトップクラスの攻撃力を持つ、極《きわ》めて危険な魔物たち。

闇ギルドはそれを大量に用意し、迷宮内に罠を張ることに決めたのだ。

これは異例とも言える暗殺態勢だ。それだけマーゼンさんを警戒しているともいえるが……

どちらかというと予算の問題かもしれない。

冒険者ギルド第一支部統括《とうかつ》のライザルは、どれだけの予算を積んででもマーゼンさんを殺したがっているみたいだし。


問題はマーゼンさんが、その魔物たちに勝てるかだけど……。

正直なところ、格が違いすぎてよく分からない。


指令書に書かれた魔物の数は、どう見ても人間が勝てるような相手ではない。

ソロの冒険者としては最強で知られる『殲滅《せんめつ》』のミスタルトであっても、生きて帰れる確率はゼロに近いだろう。

だがマーゼンさんなら、あっさり倒して帰ってしまいそうな気もする。


（よし、本人の判断に任せよう）


マーゼンさんのためにできることは、決して多くはない。

闇ギルドの目をかいくぐって罠を解除することは、私の実力では不可能だ。

となれば、できるのは前回と同じように警告を出すこと。

一度目の手紙では逃げてくれなかったけれど、最初の毒殺を言い当てた後なら信用してもらえるかもしれない。

警告を出してもマーゼンさんが迷宮に入るのなら、それは勝てるという自信があるということだし……危機は自分で切り抜けてくれるだろう。

運が良ければ先にライザルの資金が尽きて、依頼が取り下げられるかもしれない。

……などと算段を立てていると、

「今回は万全を期して、二段構えの作戦でいく。……もし罠で生き残っても、奴《やつ》はかなり消耗しているはずだからな。そこを仕留める」

「分かりました。誰《だれ》がやるんですか？」

恐らくはかなり腕のいい暗殺者……ザシズあたりの名前が出るだろう。

それでも返り討ちにあうはずだ。マーゼンさんは殺せない。

そもそもマーゼンさんが消耗するという前提が間違っている。闇ギルドは……いや依頼人のライザルは、マーゼンさんを甘く見過ぎだ。

などと思いつつ、私は暗殺者について尋ねた。

だが返ってきた答えは、考えうる限り最悪のものだった。

「お前だ、ターニア」

(いや、無理でしょ。殺せないでしょ)

この頃《ころ》には私の心の中に、マーゼンさんを殺したくないという気持ちはなくなっていた。

命の恩人がどうとかいう話ではない。

そもそも無理だ。殺意がどうとかいう話ではない。

ドラゴンに素手で挑まされることになった人間が、『ドラゴンを殺したくない』などという気持ちを抱くだろうか。

たとえそのドラゴンが自分の命の恩人……いや恩竜だったとしても、そのような気持ちは抱かないだろう。

殺したいだの殺したくないだのといった感情は、殺せる確率が1％でもある相手に抱くものだ。

『戦いたくない』という気持ちなら、あるかもしれないが。

（……いや、ドラゴンに素手で挑むほうがまだ、勝てる可能性がある気がする……）

自分より強い相手に勝つ方法は、闇ギルドで叩《たた》き込《こ》まれていた。

仮にも暗殺者なのだ。自分より強い相手を倒せずに、暗殺者が務まるわけもない。

そのための方法――不意打ちの技術なら、いくらでも挙げることができる。

たとえマーゼンさんが相手でも、不意打ちに成功する可能性はある。

確率としては決して高くないが、それでも相手が人間である以上、不意打ちに１００％対処できるということはまずない。

１００回に1回……いや１０００回に1回は攻撃が届くかもしれない。

だが不意打ちに成功したとして、それが何だというのか。

物理的な方法での即死は狙《ねら》えない。たとえ首を斬《き》りつけることに成功したとしても、マーゼンさんなら絶対に致命傷は回避できるだろう。

そして即死しなければ、マーゼンさんには例の薬がある。後にはダメージすら残らない。

そんな人間を、どうやって暗殺しろというのか。

私どころか、もっとランクが上の暗殺者でも殺せないだろう。人間がドラゴンを素手で殺せないのと同じように。

（よし。裏切ろう。それがいい）

私はたった数秒で、闇ギルドを裏切る意志を固めた。

闇ギルドを裏切るのは怖い。すごく怖い。

でもマーゼンさんを敵に回すのに比べたら、ずっとマシだ。

もし死ぬことになっても、私の犠牲でマーゼンさんが生きて帰れたら、それはそれで悪くないかもしれない。

今まで何の役にも立たない、むしろ有害ですらあった私が、マーゼンさん——あの素晴らしい薬を開発して、これから無数の冒険者達を救うことになる人の身代わりになれるなら、生きていた価値があったと思えるから。

少なくとも、マーゼンさんを殺しに行って死ぬよりは、1万倍マシだ。

でも……やっぱり死にたくないな。

だから、祈ることにしよう。

願わくば……マーゼンさんと私が、揃《そろ》って生き残れますように。

あとがき

はじめましての人ははじめまして。こんにちはの人はこんにちは。進行諸島《しんこうしょとう》です。

本編より先にあとがきを読む人も多いと思うので、早速ですがシリーズ紹介に入ろうと思います。

この『極めた錬金術に、不可能はない。』シリーズは、衰退した世界のお話です。
昔は錬金術によって栄えていたこの世界も、長い間に何が起こったのか、衰退してしまいました。
当時のことを知る者すら、ほとんどいません。

古代の錬金術師である主人公は長き眠りの末、そんな世界で目を覚まします。
彼は自分のことを半人前の錬金術師だと思い込んでいました。
そう『思い込んでいた』です。

2巻では異世界に転生してしばらく経ち、ついに主人公は自分の異常性に気付きました！

……と見せかけて、実は全然気付いていていません。

まだ彼は自分が『比較的マシな錬金術師』くらいだと思いこんでいます。

彼の自己評価はまだまだズレまくっています。数キロにわたるズレのうち、５ミリくらいは修正されたかもしれませんが。


その本当の実力は、本編で明かされていきます！

どのように明かされていくのかについては……本編をお楽しみに！


以上、シリーズ紹介でした！

ということで、謝辞《しゃじ》に入ろうと思います。


書き下ろしや原稿のチェックなどについて、的確なアドバイスを下さった担当編集の方々。

素晴らしい挿絵をつけてくださった、ｆａｍｅ《ふぇーむ》様。

それ以外の立場からこの本に関わってくださっている、全ての方々。

そして――今この本を手にとってくださっている、読者の方。

この本を出版することができたのは、皆様のおかげです。本当にありがとうございます。

最後に宣伝を。

来月は私の他シリーズが発売します。

タイトルは『殲滅《せんめつ》魔導の最強賢者』です！

……見覚えのあるタイトル？　きっと気のせいでしょう。

ちなみに主人公の名前はガイアスといいます。

こちらも超スケールの主人公最強ものとなっていますので、興味を持っていただけた方はぜひ『殲滅魔導の最強賢者』のほうもよろしくお願いいたします！

それでは、またどこかで皆様にお会いできることを祈って。

進行諸島

GAノベル

極めた錬金術に、不可能はない。2
～万能スキルで異世界無双～

2020年8月31日　初版第一刷発行

著者　進行諸島
発行人　小川 淳
発行所　SBクリエイティブ株式会社
〒106-0032　東京都港区六本木2-4-5
03-5549-1201　03-5549-1167（編集）

装丁　AFTERGLOW
印刷・製本　中央精版印刷株式会社

ISBN978-4-8156-0730-2
Printed in Japan

ファンレター、作品のご感想をお待ちしております。
〒106-0032　東京都港区六本木 2-4-5
SBクリエイティブ株式会社
GA文庫編集部 気付

「進行諸島先生」係
「fame 先生」係

本書に関するご意見・ご感想は
下のQRコードよりお寄せください。
※アクセスの際に発生する通信費等はご負担ください。

https://ga.sbcr.jp/

試読版は
こちら!

試読版は
こちら!

育成スキルはもういらないと勇者パーティを解雇されたので、退職金がわりにもらった【領地】を強くしてみる2

著：黒おーじ　画：teffish

GAノベル

領民から才能に優れた人材を発掘し新たな資源「魔鉱石」をも手にしたエイガはついに世界への進出を開始する。エイガが最初の遠征に選んだのはハーフェン・フェルト地方。そこは若かりし頃のエイガたちが飛躍のきっかけを摑んだ地でもあった。初めての遠征に浮き足立つ領地パーティだったがエイガには必勝の秘策があった――！

一方その頃、かつての仲間たちである「奇跡の五人」も魔王級クエストを獲得し、ハーフェン・フェルト地方を目指していた……。

新たな冒険と仲間たちとの邂逅――エイガをめぐる運命がさらに加速していく！　領地を率いるエイガは、さらなる夢へ向かって飛躍する!!

試読版は
こちら!

試読版は
こちら!

ここは俺に任せて先に行けと言ってから10年がたったら伝説になっていた。5

著：えぞぎんぎつね　画：DeeCHA

GAノベル

　王都のどこかに密偵がいるのではないかと疑い始めたラックたちは議論の末、狼の獣人族の村に出入りする物売りなどが怪しいと判断する。早速ラックはケーテの背に乗せてもらい、そこに向かうことにした。果たして懸念は的中し、彼は潜入していた密偵を始末したり、ヴァンパイアたちの襲撃を退けていく。

　だが、事態はそれだけで終わらない。今回倒したヴァンパイアの死骸から、王都を丸ごと吹き飛ばせる威力を持つ魔道具と、敵が次々現れる魔法陣を見つけたラックは、迷わず彼らが出てきた魔法陣へと飛び込む。果たして、そこでラックを迎えたのは……比類なく強大なヴァンパイア・真祖!!　王都の民を丸ごと生贄にするつもりという真祖とラックが――いま、激突する!!